但曾相见便相知：
世间美好在唐诗

吕梦＿＿著

北京理工大学出版社
BEIJING INSTITUTE OF TECHNOLOGY PRESS

图书在版编目（CIP）数据

但曾相见便相知：世间美好在唐诗 / 吕梦著. — 北京：北京理工大学出版
社，2015.7
（千年歌语）
ISBN 978-7-5682-0198-8

Ⅰ．①但… Ⅱ．①吕… Ⅲ．①唐诗－诗歌欣赏 Ⅳ．①I207.22

中国版本图书馆CIP数据核字(2015)第027924号

出版发行 / 北京理工大学出版社有限责任公司

社　　址 / 北京市海淀区中关村南大街 5 号

邮　　编 / 100081

电　　话 /（010）68914775（总编室）
　　　　　82562903（教材售后服务热线）
　　　　　68948351（其他图书服务热线）

网　　址 / http：// www.bitpress.com.cn

经　　销 / 全国各地新华书店

印　　刷 / 保定市中画美凯印刷有限公司

开　　本 / 710 毫米 ×1000 毫米　　1/16

印　　张 / 15

彩　　插 / 5　　　　　　　　　　　　　　　责任编辑 / 王俊洁

字　　数 / 150 千字　　　　　　　　　　　　文案编辑 / 袁　臻

版　　次 / 2015 年 7 月第 1 版　　2015 年 7 月第 1 次印刷　　责任校对 / 周瑞红

定　　价 / 36.00 元　　　　　　　　　　　　责任印制 / 李志强

前言

　　说起与唐诗的结缘，我已无法找到源头，似乎从"床前明月光，疑是地上霜"的月光滋润开始，唐诗便在我的生命中汩汩流淌。可它就是有这样的魔力，或许执手千年，仍会迷离沉醉，不知归处。

　　唐诗之美，美在只言片语，尽得风流。全唐诗四五万首，按字数计算，恐怕抵不上一个现代作家一年的"产量"，但就是这些有限的文字可以轻而易举俘获人心，转眼间你便已沉醉在大唐的繁华和风流里。因此，读唐诗要用丰富的生活来浸泡。此番意境，就像在明媚的下午，看茶叶丝丝舒展，听心灵静静绽放。品一首好诗，如闻一缕茶香。

读诗如品茶，第一遍平平淡淡，看不出多少新意；第二遍则会有一股香气袭来，若有若无；若真要将唐诗读到心里，方得三遍以上才妙。香而不浓，艳而不妖，是唐诗的精髓。可若只将品诗比作品茶，仍未领悟唐诗之美。几片茶叶，泡多了会变淡，可唐诗越读越清香四溢。一首小诗，含蓄蕴藉，短短几十字，竟能写进你心里，越是深读，眼前仿佛铺展开千寸画卷。其实"诗中有画"并不是王维的专属，唐人写爱情，尤其是那种千般滋味，万种风情。"人面桃花相映红"，诗句读完，一幅美女独倚桃树，灿若桃花的画面就会在我们眼前浮现。

唐代有那么几个特立独行的诗人，所留诗作虽浅白如话，却意味无穷。像白居易的"玄宗末岁初选入，入时十六今六十。"相传，白居易写诗，不识字的老妪也能理解，这十四字也是如此，读来浅显易懂，可细细品味，此中深意令人唏嘘不已——"十六"，"六十"，蕴含的便是后宫深锁的寂寞时光。

唐诗里藏了太多情与愁，"月光欲到长门殿，别作深宫一段愁"，年年岁岁念着同一个人从来不是谁的专利。"只闻新人笑，不见旧人哭"，曾经贵为皇后又如何？庭院深深，本想剪一段月光相拥取暖，怎奈凄清月色更惹愁思。想当年，金屋藏娇，荣宠十余载，何等风光；而今，宫门难开，苔痕玉阶生，与君仅仅一墙之隔，墙外之人可还记得曾为一人筑了金屋？阿娇的幽幽叹息，或许只有明月记得。

多情明月寄相思，月凉如水，点点滴滴，剪不断的哀愁。

然而，此轮明月是否能够明白，有一种距离叫万水千山，有一种等待叫遥遥无期，有一种追忆叫年年断肠。"悔教夫婿觅封侯"，当初以为夫婿能够封侯拜将是自己最大的愿望，现在愿望实现，可自己心里却那么的痛。想当然地预测夫婿不过三年五载便可载誉归来，如今十年已逝，她只得任姣好的容颜在时光中老去，而夫婿却杳无音信。转眼又是深秋，"万户捣衣声"，敲痛了她那颗本已支离破碎的心。

　　离别总伤情，相聚太美也太难，妻子如泣如诉的思念，丈夫又何尝不知？"君问归期未有期，巴山夜雨涨秋池"。我心似君心，定不负相思意，怎奈巴山夜雨阻断了我如箭的归心？何时共剪西窗烛，与你促膝长谈巴山夜雨的情景呢？

　　虽是天各一方，但知道君安好如初，我便心安。世间最残忍的事莫过于阴阳两隔了吧？"从此无心爱良夜，任他明月下西楼。"你已不在，明月何去何从又与我何干？恨此生，从此相逢是梦中，本想梦里与你相会，奈何连梦都做不成，此种心痛，谁能解？

　　你走后我方知晓，人间为何会有良辰美景不再的惆怅。没有你的世间让我陷入一种深沉幽暗的绝望之中，我在其中，伸出手，想抓住你，而我抓回来的不过是一掌冷雾。"惟将终夜长开眼，报答平生未展眉。"从此以后，我只能用彻夜不眠的相思来回报你生前从未展开的笑颜了。

　　我一遍遍细数你的好，把与你的点点滴滴从相识之日忆起。遥想当初"竹马绕青梅，两小无嫌猜"的日子，懵懂的情思丝丝缕缕，现在想来是多么的甜蜜。美好的时光总是那么短暂，分离的日子，我们将红豆熬成缠绵的伤口，原以为那段相思成灰的日子最苦，殊不知那实在是另一种形式的温柔。

或许这就是唐诗中爱情的模样。

读这些诗，或悲或叹，或喜或忧，可总有一首诗让你的情感随意安放。读诗，读情感，读诗人，读到最后才发现，读的是我们自己。与唐诗的契合，归根结底还是你将它的情感化成了自己的情感，随着诗歌的情思任自己的情感起伏跌宕。

执手唐诗，静书一段华年，我甘愿沉浸在它的风流里，永远不要醒来。想必，怀揣相同心思的应该不止我一个吧。

目录

目录

愿君多采撷，红豆寄相思……王维

相思离别总关情

雨落花台，独自凭栏，唯有花开正艳。月明星稀，夜不能寐，橘灯一盏何茫然。念君何处，遍寻不得，徒留无限怅惘。

相思是一种美丽的忧伤，然而究竟什么才是相思？是满城飘飞的柳絮，长街蒙蒙的春雨，还是那封迟到的情书，已经被岁月染黄的照片，抑或仅仅是留在千年历史中，孤独而风干的背影？或许在王维的诗歌中，我们能发现些许相思的秘密。

红豆生南国，春来发几枝。

愿君多采撷，此物最相思。

　　春天到来，红豆又发了几枝枝丫呢？待到成熟的季节，你要多采撷，因为我希望你看到红豆，就能想到远方的我。相思之情，人皆有之，相思的对象有可能是任何人。而"君"，只有一个，而且是最在意的那个。相思情，世间纵有万般，不在你我之间，说来也是无益。

　　小小红豆，承载了王维的浓浓情谊，也写尽了多少人对爱情的执着向往。红豆颜色鲜红，带有美丽的光泽，象征着爱情的纯真；它的红色由边缘向内部逐步加深，最里面又有一个心形曲线，意即心心相印；它不腐不碎，表达了恋人们对坚贞不变，天长地久爱情的憧憬；它长于高高的悬崖，吸取天地灵气，产量极少，劝告人们纯真爱情来之不易，要好好珍惜。

　　红豆因此有了灵性，成了圣物：定情时，送一串许过愿的相思豆，会求得爱情顺利；婚嫁时，佩戴相思豆串成的手环或项链，以象征男女双方心连心，白头到老；婚后，在夫妻枕下各放六颗许过愿的相思豆，可保夫妻同心，百年好合。

　　如此美丽多情的红豆，如果没了动人的故事与此相称，未免缺了一丝深情。

　　这是一个传奇而又动人的故事：古时有位男子出征，其妻朝夕倚于高山上的大树下祈望，因思念边塞的爱人，哭于树下。久

王维　　愿君多采撷，红豆寄相思：

而久之，泪水逐渐被粒粒鲜红的血滴取代。血滴化为红豆，红豆生根发芽，长成大树，也许是姑娘的思念感动了上天，这些果实有着鲜红的心形，于是它也有了美丽的名字——相思豆。

都说淡语能表深情。在王维的诗中，红豆素颜出镜，却极富形象，以红豆暗示后文相思之情。接着不经意地询问，春天来了，红豆生发几枝枝丫呢？像是一位儒雅男子在耳边轻声呢喃，亲昵却不失庄重，其作用与王维的"来日倚窗前，寒梅著花未？"竟是极为相似。如果只是这两句的询问，感情未免过于平淡，最是那句"愿君多采撷"在转折间激扬了情感。远方的人啊，多采一些红豆吧，千万莫把我忘怀。"相思"与"红豆"呼应，深化"相思豆"之名，又关乎相思之情。"最"字袒露肺腑之言，诗人倾吐的，不正是叫人伤神的相思吗？

冯梦龙的《山歌》中有这样一首："不写情词不写诗，一方素帕寄心知。心知拿了颠倒看，横也丝来竖也丝。这般心事有谁知？""丝"和"思"是谐音，以真丝素帕，写出横竖皆是相思之感。

更有情深如清代岭南诗人黎简，妻亡多年仍时时忆起，借红豆聊表相思，大有对苏轼词作中"十年生死两茫茫"的崇敬之意。"相思坟上种红豆，豆熟打坟知不知？"红豆结子，熟了就会掉落到坟头。当它散落打在坟上时，亡妻能感觉得到吗？相思而有梦，恋情深厚使之然；有梦而见之，尽管只是一种虚幻的欢乐，但还可以品味；有梦而无见，这相思之情便无所排遣，徒有空自悲叹了。

做梦但亡妻却未入梦，黎简深以为憾。这般情谊，在无情之人看来，也许只是无稽之谈；而在深情之人看来，却是痴绝。无论在生活中，还是艺术世界里，执着的爱情始终令人神往。

　　如果说，生命是一条线段，那么生与死便是两边固定的端点，这其中有限的距离就是人生最宝贵的经历。三毛说："我们空空地来，空空地去，尘世间所拥有的一切，都不过转眼成空。我们能带走的，留下的，除了爱之外，还有什么呢？"生活可以有很多内容，但在痴情人心里只有一个主题：那便是相思。爱情不会因生命而终止，绵绵的思念可以随着不老的爱情写进生命的年轮。

　　对于泣血成红豆的姑娘来说，生命是有限的，但爱却是无限的。有人说："爱，是不能忘记的。"相思恰如生命线段的延长线，它并不会因为一方生命的结束而终止，它会随着另一方的爱一直绵延下去。在很多人的眼中，或许这只是一段虚线，但在当事者的眼中，午夜梦回，爱的往事依然会涌上心头，曾经走过的岁月依旧鲜活如初。

王维

愿君多采撷，红豆寄相思：

平生不会相思，便害相思……

李白

此生相知，情深不渝

　　"青梅竹马，白头到老"是最完美的爱情模式，也是许多人的期待。金庸先生的武侠世界，似乎也一直在诠释这样的主题：那些最浪漫的事，便是"牵着你的手，一起慢慢变老"。从发小直到生命的尽头，在这条时间的链条上，连同爱情一起生长的还有不断膨胀的青春与时光。

　　生活即是艺术。一生无嫌猜的爱情便是艺术中的精品。可以平淡，也可以绚烂；可以不完美，但一定完整。李白的《长干行》，讲的便是这样一个让人歆羡的故事。

妾发初覆额，折花门前剧①。

郎骑竹马来，绕床②弄青梅。

同居长干里，两小无嫌猜。

十四为君妇，羞颜未尝开。

低头向暗壁，千唤不一回。

十五始展眉③，愿同尘与灰。

常存抱柱信，岂上望夫台。

十六君远行，瞿塘滟滪堆。

五月不可触，猿声天上哀。

门前迟④行迹，一一生绿苔。

苔深不能扫，落叶秋风早。

八月蝴蝶黄，双飞西园草。

感此伤妾心，坐愁红颜老。

早晚下三巴，预将书报家。

相迎不道远，直至长风沙⑤。

当头发刚刚能够盖过额头的时候，我折些花在家门前玩耍。你骑着竹木马过来，我们快乐地绕着井栅栏做游戏，一起度过美丽的童年，一起跟着时间长大，两颗心从来没有相互猜忌过。依

稀记得，出嫁那天，我睫毛低垂，羞红了脸。

时光易老，你出去经商，我在家殷切地思念，往事一幕一幕重演，假装你还在身边。时光流转，四季变换，红颜已老，你是否还会待我如先前。想啊，念啊，对着风痴痴喃喃："待到归来时，站立风中，去相迎。"

这段用光阴记述的故事，深情哀婉，韵动人心。刻骨的相思，便是爱的见证。整首诗缠绵婉转，温柔细腻，声情并茂，将女子前后的变化刻画得细致入微。更让人感动的终究还是浓郁诚挚的爱情，因为思念，女子才会埋怨丈夫的一去杳无音信，才会守望丈夫归来时会经过的路口。《唐宋诗醇》评价此诗说："儿女子情事，直从胸臆间流出，萦迂回折，一往情深。"

《长干行》温雅感人，人人都艳羡这样两小无猜的爱情，这也是法国经典电影《两小无猜》每次上映都会引起一阵观影热潮的原因。

故事在"敢不敢"的游戏中展开，两个主人公青梅竹马，他们为对方制造不同的困难，让对方来突破、尝试，不断超越生活与自我。随着岁月流逝，纯洁的友谊渐渐被朦胧的爱意取代。天长日久，爱情之花越来越绚烂，可是他们却害怕承担爱情的负担，在一次次的误会和逃避后分道扬镳。十年后，他们相遇，得知彼此仍深爱着对方，便相拥着跳进水泥地基中，希望爱情也能凝固在这一刻。片尾处是一幅温馨的场面：阳光灿烂的午后，老奶奶将一颗彩色的糖果放在老爷爷的口中，而后，他们甜蜜地亲吻，深情诉说着彼此的爱意。

故事结束了，观影之人眼中总会迸出热泪："愿得一人心，白首不相离"，这才是最美的风景。

"醉里吴音相媚好，白发谁家翁媪。"每次看到白发苍苍的老夫妻坐在门前的树荫下，笑谈琐碎闲事，心里便有一种柔软的情感袅袅升起。白头偕老的爱情不分时间，不分地域，是人类永恒的追求。爱情最高的境界不追求轰轰烈烈，只求平平淡淡，不需要多么曲折跌宕的情节，也不需要考虑世俗的眼光。它和郎才女貌、门当户对没有必然联系，只要两颗彼此相爱的心。世界上最美的爱情是我牵起你的手，一牵就是一辈子。

从两情相悦到白头偕老，一路风风雨雨。少年夫妻老来伴，牵着彼此的手，跨过岁月的沟沟坎坎，哪怕沧海桑田，哪怕海枯石烂，依旧矢志不渝地相爱相伴。

一曲《凤求凰》，便让卓文君决定随司马相如私奔。千金之躯的文君面对相如家徒四壁的窘境，当即脱钏换裙，当垆卖酒，并未有半点犹豫。然而考取功名后的相如却移情别恋，文君见此，当即作诗一首，以表决绝之意。

相如手握诗文，忆起往昔文君的千般好，遂绝了纳妾的念头。于是，一番波折，他回来了，带着他们共有的记忆和专属的柔情回到了她的身边，给她承诺，白头偕老，再不分离。相如携文君退隐，二人择林泉而居，十分恩爱。可惜相如患病不治，忧伤过度的文君也在一年后随他而去。

　　我们说好的，白首不相离，所以，上穷碧落下黄泉，我都随你。这是文君给她的爱情画下的最完美的句号。

　　虽然爱情路上出现了裂缝，但相如和文君及时修整，最终得以相伴而老。

　　此生相知，情深不渝。如若守住了爱情，也便守住了自己。

【注释】

①剧：游戏。②床：井边护栏。③始展眉：才懂得一些人情世故，感情开始显露在眉宇之间。④迟（zhí）：也作"旧"，等待之意。⑤长风沙：地名，在今安徽省安庆市东的江边上。《入蜀记》（宋·陆游）中称，金陵（今为南京）至长风沙七百里，水流湍急，十分险恶。

情已失，不若相忘于江湖

　　杜拉斯的《情人》中有这样一段话："我认识你，永远记得你。那时候，你还很年轻，人人都说你美，现在，我是特为来告诉你，对我来说，我觉得现在你比年轻的时候更美。那时，你是年轻女人，与你那时的容貌相比，我更爱你现在备受摧残的面容。"正是历经沧桑伤痛，人方才变得完整。

　　红颜易老，聪明的女子从不会以花一样的容颜占据一个男子的真心。她们若想与君共赏细水长流，会另辟蹊径。然而，总有些愚笨的女子，倚仗着一时的容颜，飞扬跋扈，最终在尘世中吃尽凄凉苦楚。

　　李白的《妾薄命》便是这样一个令人警醒的故事。以色事人

终非长久之计，陈皇后阿娇悲剧的一生，便是最好的注脚。道理终究是道理，大多数妇女终究都难以逃脱色衰而爱驰这一悲惨命运。

汉帝重阿娇，　贮之黄金屋。

咳唾落九天，　随风生珠玉。

宠极爱还歇，　妒深情却疏。

长门一步地，　不肯暂回车。

雨落不上天，　水覆难再收。

君情与妾意，　各自东西流。

昔日芙蓉花，　今成断根草。

以色事他人，　能得几时好？

故事的开头四句，总是穷尽奢华以显示爱之深沉。《汉武故事》云：汉武帝刘彻数岁时，他的姑母长公主问他："儿欲得妇否？"指左右长御百余人，皆曰："不用。"最后指其女阿娇问："阿娇可否？"刘彻笑曰："好！若得阿娇作妇，当作金屋贮之。"刘彻如愿之时，便真的立阿娇为皇后，并为她打造了一座黄金屋，极尽宠爱。阿娇凭着这份盛宠，在屏声敛息中也能惊天动地，一阵风吹来，便生出诸多珠宝。

可是，谁能保证好景常在呢？俯仰之间，便是天堂地狱的差别。转瞬之时，李白的笔端已生出千层波浪。失宠之后，便知一山还比一山高。后宫三千佳丽，她只愿皇帝恩宠集于她一人，而不愿雨露均沾。

想法本无错，可阿娇忽略了一点，对于爱情，男女看法有别。女子把爱情看成生命的主题，而男人却不同，他们在妻贤子孝之外，还希冀功名利禄、锦衣玉食、香车美人，等等。而平凡女子对爱人仰望一生、投注一生，无非是想得到一对一的挚情、忠诚，这就是历经千年，女子从未更改过的初衷。

所以，到了"长门一步地，不肯暂回车"之时，便是生命要窒息之时。从前住金屋，而今幽居长门宫内，虽与皇帝相隔一步之远，终是咫尺天涯，再也听不到龙辇之声。

"昔日芙蓉花，今成断根草。以色事他人，能得几时好。"昔日，今日，不用对比，却已具讽刺的意味。今夕何夕，往日的美人，在容颜憔悴之时，便意味着被永远遗弃。全诗以警醒语做结尾，自然而又奇警，任人读之惊心动魄。

如花美眷，终究抵不过似水流年。时光匆匆，如若恃宠而骄，强求欢爱，终会应了《白头吟》中"覆水再收岂满杯"的惨淡光景。女人总以为男人的爱慕眷恋可以长久，却不知没有思想的共鸣、知识的积淀，易使男人累，也使男人倦，芙蓉花和断根草、红颜和白发之间，原不过一墙之隔。

阿娇没错，她一心一意地爱他，当然也希望他也能一心一意地爱自己。想来，一个女子所求的不过是一份静如止水、轻如空气的关怀与惦念，不必惊天动地，也不必轰轰烈烈，如此才修得

岁月静好。阿娇奢求的不是黄金屋，她只希望深爱的那个人也能一心念着自己，如此便好。

可阿娇又错了，他不是普通人，是后宫无数佳丽的皇帝。即便只面对她一人，时间久了，爱情也会出现七年之痒，更何况他身边还有那么多美女。阿娇的容颜会随岁月老去，而皇帝身边却总有正当芳龄的别的美女陪伴。

阿娇是不幸的，纵然她与汉武帝有青梅竹马之好，可却不懂"以色事人，色衰而爱驰"的道理。不仅如此，皇帝宠幸他人时，妒忌之心让她做出不少有违规矩的事。在汉武帝眼中，纵使这个女人有千般好，但是过分的骄纵，无才又善妒，终究担当不起母仪天下的重任。于是，一声令下，阿娇落了个长门度余生的下场。相比之下，武则天可聪明得多。贞观十一年，年仅十三岁的武则天入宫成为唐太宗的才人，唐太宗对这个年轻貌美的女子十分的宠爱，赐号"媚娘"。可惜好景不长，太宗渐渐冷落了她。武则天是个聪明人，她没有像阿娇那样，让妒忌之火烧了他人，最终也毁了自己。

百思不得其解的武则天，向受太宗诸多恩宠的徐才人求教。徐才人见此，缓缓说道："以才事君者久，以色事君者短。"此语一出，武则天如拨开云雾见到了青天。她拜别徐才人后，用才德充实自己，后来得到高宗李治的百般宠爱。

容颜再姣美终有老去的一天，感情再深也可能会慢慢减淡。女人的容貌正如一杯糖水，初尝时甜蜜异常，越到后来越是寡淡无味。

诚然，女人的美丽容颜，可以吸引男人一时的驻足，可是让男人爱你备受摧残的面容需要智慧。"不意天壤之中，乃有王郎？"谢道韫的叹息何尝不是道出了一些男子的心声？

不是从牵你手之日起，就一定能够白头到老。鲜花再美，终有凋零的一天。如果爱情不在了，就将思念也一并交予时光储藏吧。男人的心走了，一味地强留只会适得其反，倒不如增长学识，让他重新认识你；或者挥手告别，从此江湖相忘。

李白 平生不会相思，便害相思：

望中犹记，牡丹正艳

　　三年一次的选秀之后，多少妙龄少女将自己的青春寄托在皇帝的身上，可换来的却是一生的空虚寂寞。后宫佳丽三千，个个美艳异常，获得皇帝的恩宠，是多少女子可遇而不可求的事情。可杨玉环做到了，她凭借羞花之貌，集三千宠爱于一身。

　　杨玉环何其幸运，玄宗是爱她的，而且是爱她一生。

　　一个男人爱你有多深，往往可以从他对你的物质馈赠上体现出来。"若得阿娇，金屋贮之"，汉武帝如此，唐玄宗也不例外。他和杨贵妃的居所坐落于陕西骊山，佳木葱茏，花繁叶茂，富丽堂皇的建筑遮掩其间，宛如一堆锦绣。可对玄宗来说，用这些来安放他那满满的爱还远远不够。

听闻杨贵妃喜吃荔枝，玄宗欣喜异常。为了让美人吃上新鲜荔枝，他常常令官差快马加鞭，日夜不停地赶路。唐玄宗虽身为一国之君，但面对如花美眷，他也如普通男人一般，希望给深爱的女子任何她想要的东西。"一骑红尘妃子笑，无人知是荔枝来。"在玄宗心中，疲惫的人，累死的马，与美人一笑相比，实在是不值一提。

在杨贵妃面前，唐玄宗只是一个深爱妻子的丈夫，有着普通男人的七情六欲。所以，他也一样有"出妻献子"的虚荣，希望杨贵妃的美貌可以四海皆知。于是，他呼来诗仙为自己的女人和爱情写诗。

云想衣裳花想容，春风拂槛露华浓。
若非群玉①山头见，会向瑶台月下逢。

一枝红艳露凝香，云雨巫山②枉断肠。
借问汉宫谁得似，可怜飞燕倚新妆③。

名花倾国两相欢，长得君王带笑看。
解释④春风无限恨，沉香亭⑤北倚阑干。

李白的这三首《清平调》句句浓艳，字字香软，美人正如那娇艳欲滴的牡丹，难掩其气韵和风流。

李白 平生不会相思，便害相思……

贵妃美艳异常，身着的锦衣华服堪比天上的彩霞；容貌照人，艳丽如盛开的牡丹花。她的美貌除了群玉、瑶台上的仙女，世间已经找不到可以与之相提并论的人了。

君王的盛宠恰似晶莹的露珠将她点缀得娇艳欲滴。令楚王相思断肠的神女只存在于虚幻的梦中，梦中的女神哪里比得上眼前这像牡丹一样艳丽迷人的杨贵妃？据说汉成帝的宠妃赵飞燕体态轻盈，可以在手掌中起舞，但是就是这样的美人也要依靠妆容才能为自己争到宠爱。而贵妃人比花娇，天生丽质，不施粉黛亦倾国倾城。

美人如花，花比美人，沉香亭中，唐玄宗拥美人入怀，流连牡丹国色，心中洋溢着无限喜悦。

如花美眷，似水流年，只怕美人难再得！于是，从此君王不早朝，人生苦短，不如及时行乐。玄宗整日与杨贵妃厮守在一起，沉醉在《霓裳羽衣曲》的柔美绮丽里，然而，"渔阳鼙鼓动地来"，摧毁了玄宗的美梦。

光彩生门户，被君王宠爱固然是一件幸事。锦衣玉食，鸡犬升天，玄宗给了她举国最盛大的荣耀，也给了她寻常女子不能承受之苦。

兵临城下，唐玄宗率领一干人等，仓皇逃入蜀川。"红颜祸水、奸妃误国"，贵妃不死，士兵迟迟不前。"大难来时各自飞"，玄宗无奈，他那样深切地爱着杨贵妃，军心动荡之时，却仍然赐了"三尺白绫，一条死路"。

玉环何错，在深爱的男人面前，哪个女人都是一样的自私，她原本只是期待可以得到他全部的爱，不幸的是，这个男人的全

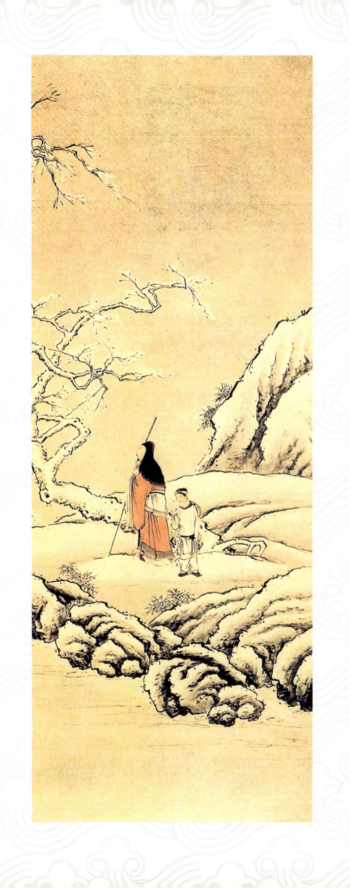

部，竟然是一个国家。这段爱情，她猜到了开始，却没猜到是这样的结局。这个赐予她无数珍宝、无限荣华的男人，最后竟然要硬生生地赐死她！三尺白绫，一段深情，挽了一个死结，却挽留不住她的青春年华！

安史之乱的硝尘已逝，然而那场鲜艳的爱情，那首悲欢离合之诗，总会引发文人墨客的诗情文思、悲戚吟唱。白居易便专为此写了一篇《长恨歌》："六军不发无奈何，宛转蛾眉马前死。花钿委地无人收，翠翘金雀玉搔头。君王掩面救不得，回看血泪相和流。"

秋风萧瑟，美人笑靥化成一页书签，纵然美轮美奂，终究只是一个没有温度的标本。陕西骊山华清宫，夜半无人之时，两人曾在此耳鬓厮磨，说些软莺娇语，并立下山盟海誓："在天愿做比翼鸟，在地愿为连理枝"。当初有多美，幻灭后就有多痛，泪水长长流淌，直教人夜半无眠。

宠她，却终是伤害了她。倾国倾城之貌，终抵不过薄如蚕翼的宿命。爱情，在此时变成薄情，何其可悲！心念及此，玄宗禁不住泪流满面。

天宝十五年（公元756年），玄宗自蜀返京，由蜀入秦，恰逢霖雨之夜。同样的地方，同样的场景，仿佛一切都没有改变。只有连绵的雨打在山间栈道上，鸾车的清脆铃声与山相唱和，给人一点新鲜感。

这本是返京之路，青山依旧，江山未改，一切都是那样的熟悉，他又可以称孤道寡，君临天下了，应该高兴才是。然而，忧愁却深深地写在了他的脸上：物是人非，爱妃已命丧马嵬，从此世间

李白 平生不会相思，便害相思……

21

再无乐事。

他怨，手下士兵逼着自己缢死了今生最爱的女人；他悔，身为一个男人，连心爱的女人的命都不能保全，危难关头，只得任她随水飘零。玄宗凄怆流涕，不能自已，将满腹爱恋和悔恨注入了《雨霖铃曲》中，并亲自传授给乐工张徽。杨贵妃死了，带走了玄宗全部的爱，剩下的只有他木然的灵魂。贵妃逝去多时，玄宗仍经常弹曲，垂泪思念，无奈明月下的南宫还是一样的寂静，徒留无限的落寞与黯然。

马嵬坡上的往事，一幕幕浮现在他眼前，仿佛只是隔了一天。那里，他遇到了人生中最难的抉择，要江山还是美人？对玄宗来说，江山或许没有美人重要。然而，百姓是生命之源，在帝王与苍生之间，天平自然要倾向于人间百姓。他可以与贵妃一同死去，却不可以不顾百姓的死活，美人是他一人的，而江山可是全天下老百姓的。

如果贵妃地下有知，能明白玄宗的无奈和深情，或许也会感到欣慰吧。

【注释】

①群玉：仙山名，西王母居处，《山海经》中的玉山。②云雨巫山：楚襄王与巫山神女梦中相会，只是个传说，实际并无此事。诗人以此反衬玄宗杨妃之间的美好爱情。③倚新妆：（赵飞燕）凭新妆才可媲美杨贵妃。④解释：消解。⑤沉香亭：在兴庆宫龙池东，是玄宗杨妃赏花处。

此地一为别，记忆摧柔肠

纵使她沉鱼落雁，闭月羞花，终抵不过命运的惩罚。

公元前 36 年，她在最美丽的年华里，进入了最繁华的盛地。深宫幽幽，她却丝毫不惧。自知貌美，故也不屑拿银两交与宫廷画师毛延寿。谁知，命运即在此急转直下，她终究是良人家的女子，竟然不知宫中人心似海，稍不留意，便被目中无人之人，在画中点了致命的一点。

据传，汉元帝根据呈上来的画像挑选嫔妃，后宫佳丽争相贿赂画师，只有王昭君除外。于是毛延寿将她的画像中点上丧夫落泪痣。

和所有待诏的女子一样，昭君一心一意认真打扮，希望以最

李白 平生不会相思，便害相思：

好的姿态迎接皇帝诏令的到来。殊不知命运的轨迹早已改变，她当初潇洒拒绝行贿酿成的苦果，终究需要自己独自品尝。

"合殿恩中绝，交河使渐稀。"皇上的恩德很久没有传到自己在宫中的居所了，刚刚入宫时，还常常有使臣前来探望，后来日渐稀疏，到现在竟然像是断绝了。昭君的内心由当初的不屑转而变成了惶恐：此生可能再无缘面君。

鲁迅在《娜拉走后怎样》中说：人生最痛苦的是梦醒了无路可以走，做梦的人最幸福；倘没有看出可走的路，最要紧的是不要去惊醒他……所有的美梦是好的，只要没有破灭……

虽然一朝飞上枝头变凤凰的梦很美，美得让人欣慰，可昭君的梦经过时间的洗礼，也该醒了。入宫三年有余，她居于深宫，不曾被汉元帝召见过一回。三年独处，夜夜剪花灯，夜夜落寞。那个时代没有什么空间可以让女人内心生长出柔软清脆的草叶来。漫漫长夜里的每一分每一秒都是漫长的，从思念家人到如今身在宫廷，从悲叹命运不公到怨恨画师的无情无义，从空度良宵到承认世事无常。每个夜晚，昭君似乎都将自己置于这样矛盾而无望的思索中不得抽身。

众所周知，得不到皇帝宠幸的后宫女子，命运十分悲惨，寂寥冷落而无所依靠。昭君只得叹息此生便也只得在一日日的怨恨中度日了，然而，她没料到，命运并不是像她所想的那样一成不变。似乎是命运不忍，进宫几年后，匈奴请求与汉室和亲的消息在宫中传开，见此，王昭君于是自请出塞。她没想到，当时的这一小小举动却将自己的命运与那些宫中怨妇永远地相隔开来。

汉家秦地①月，流影照明妃②。

一上玉关道，天涯去不归。

汉月还从东海出，明妃西嫁无来日。

燕支③长寒雪作花，蛾眉憔悴没胡沙。

生乏黄金枉图画，死留青冢使人嗟。

那一日，她浓妆艳抹，只为这三年的幽居申冤。盛装来至汉元帝面前时，只见她"丰容靓饰，光明汉宫，顾影裴回，竦动左右"，惊艳了众人心。汉元帝自知已是与她错过，不是一时，而是一生。

离开既是永别，最苦莫过于生死别离。长安与西域之间有路，但很远。

面对昭君的远嫁，李白不禁感叹：长安附近，月光如流水一般倾泻在明妃的身上，一步走出这玉门关，从此天涯路远，再也不能回来了。汉代的月亮依然从东海升起，但是明妃西嫁，再无回来之日。燕支山常年严寒，只有漫天飞舞的雪花可以拟作花朵，美貌的昭君渐渐憔悴在胡地的风沙中。活着的时候，昭君没有将黄金送给画师，结果死后，只能留下一堆青冢令人叹息。

世人提到昭君出塞或赞其大义，以柔弱女儿身，抵挡了匈奴的千军万马；或哀其不幸，正是貌美如花的年纪却只身离家，难掩不愿和不舍。叹息者除却李白，骆宾王也榜上有名。"敛容辞

李白　平生不会相思，便害相思……

豹尾,缄恨度龙鳞。"短短十个字,表现出了一股强烈的怨恨之情。因为威严庄重、不可忤逆的皇权,昭君即便再不舍宫内舒适高贵的生活、宜人的气候环境,却也只能敛容离开。

似乎美女葬身荒漠自始至终都是一件令人惋惜的事,李白的这首《王昭君》便是如此。画师毛延寿也因为当初笔下轻轻的一点,落了个身首异处的下场。可换一种方式想象,这何尝不是上天给昭君的一次机会。一个女子,此生唯愿得到一个良人,从此敬她爱她,可若留在宫中,昭君此生注定只能在等待中苍老。

寂寞是一个人的寂寞,执着也是一个人的执着。烟花易冷,却是璀璨的永恒,谁也不是谁的谁,又有谁能在冷清的夜,伴着伊人看尽烟花燃起烟花落?最美的梦永远无法融于现实,那并不是一种悲哀,那只是一种宿命。有的人,注定无法在情感中来来往往,无论是谁都不值得你赌上整个青春,汉元帝又能如何,既然等不到,只有放手。

在既定的时刻,上天果然给了她一个扭转命运的机会,只是昭君没有想到,这一次,就是华丽转身。与其在宫中白头,不如撇开旧情旧义,寻得一片新天地。

嫁与呼韩邪单于的两年时间里,单于对她极尽宠爱,或许有人说,这只是忌惮昭君背后的汉室,但无论怎样,都比在汉宫中数日子的时光强得多。

王昭君在二十四岁时,丈夫去世,按照匈奴的制度,她应当嫁与新一任的单于。这是她想不到的。她写信回汉室求助,可惜得来的只是冷冷的遵从旨意。虽然无奈,只得顺从。

本以为自己寡母的身份会遭新一任单于冷落,可这次又是大大出乎她的意料。两人相亲相爱，度过了十一年的幸福时光。

现在想来，昭君自请出塞，未必是坏事，留于汉室，就一定能得到如此殊宠吗？世人皆骂毛延寿因贪财而丑化其形象，可后宫之事瞬息万变，有人承宠就有人受冷落，"万千宠爱于一身"毕竟是少数。或许短暂的欢愉后，便是长门宫中主。

一转身就是一世，锁不住，红尘纷纷，让记忆摧折柔肠。本以为，此地一为别，只有荒漠相伴，记忆回旋，却没想到大漠草青青，是幸福的开始。

【注释】

①秦地：指原秦国所辖的地域。此处指长安。 ②明妃：汉元帝宫人王嫱，字昭君，晋代避司马昭（文帝）讳，改称明君，后人又称之为明妃。③燕支：指燕支山，汉初以前曾为匈奴所据。山上生长一种燕支草，匈奴女子用来化妆，故名。

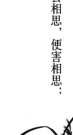

李白　平生不会相思，便害相思……

秦桑燕草，误入春风惹相思

　　一千多年前的春风荡漾到了今日，却丝毫没有减轻相思的分量。想必思念是最柔软也是最坚韧的吧。

　　春日，天空忽然晴朗了许多，柳叶一点点泛绿，如美人的细腰，摇曳中带着几许妩媚。阳光不强烈也不凄迷，温度刚刚好。一切都在孕育之中，庭院前的小草，溪流边的无名花，连同女子隐没了一冬的挠人的情愫，都在这春天里蠢蠢欲动。

　　多情本自招人恼。渐渐出落得如芙蓉一样的女子，当春日到来的时候，心里便洋洋洒洒飘满了飞絮，按捺不住心中的相思。李白的《春思》，道出了千万女子的心思。

燕①草如碧丝，秦②桑低绿枝。

当君怀归日，是妾断肠时。

春风不相识，何事入罗帏？

沧海茫茫，隔山碍水，眼睛触不到的地方，心里便生发想象。女子所处秦地的桑树已经低垂着浓绿的树枝，那么郎君所在的燕地，也应该被一番绿色覆盖了吧？小草应该发芽了，细嫩得像丝一样。往昔身处一地，冬日也如春，而今天各一方，春日尽惹相思泪。她眼中所见虽是秦地绿桑，心中所想却是燕地春草，写尽了她被相思灼烧之痛。思念纵然能翻山越岭，到达彼此心上，但也添了苦愁，添了烦恼。一句"燕草如碧丝，秦桑低绿枝"惹得世人也不禁唏嘘感叹。

无论是枝条低垂的桑树，还是刚刚吐丝的春草，思妇根本无心过问，她的生命里只盛得下他的归期。心里怀想着：你归来的日子，正是我断肠的时刻。归来之时本该喜悦，反倒断肠，看似无理，实则情深义重。燕地在秦地之北，气候比秦地寒冷，因而春季来得较迟，当秦地桑枝低绿之时，燕地春草才刚刚发芽。征人看到春草萌发，也会开始思念家中的妻子。可是当燕地的丈夫见到春草开始思归的时候，思妇早已不知多少次魂里梦里地牵肠挂肚了。这似乎是思妇的嗔怪，但不经意间却流露出无限幽怨和深情。心之戚戚，只盼君归。

春风撩人，春思缠绵，恼人时不禁申诉春风：我本与你不相识，何故吹进我的罗帐？连温和的春风都忍心斥责，多情思妇的形象已在诗里泛活。

南朝民歌《子夜四时歌·春歌》云：

"春风复多情，吹我罗裳开。"原来，天下女子的无理相思，竟都这般惹人爱怜。

万语千言释一词，容易；三言两语，言有尽而意无穷，难。可李白做到了。燕地和秦地相距千里，气候迥异，燕地绿草抽丝时，秦地桑树早已绿成荫。王国维有云："一切景语皆情语"，春草惹相思，可当关外征人睹物思人时，关内妻子早已是夜夜愁肠，肝肠寸断几回。看似平平淡淡的三言两语，有空间的转换，景物的衬托，字里行间流露的满腹深情，需细心体悟方得其妙。

乾隆对这首诗有这样的评价："古意却带秀色，体近齐梁。"一语指出了《春思》的艺术风貌。诗为五言古体，平淡直白处，恰似南朝齐梁间的民歌，仿佛你一举手，一投足，便已醉倒在浓浓的古朴诗情中。可它毕竟不是民歌，情致的曲折蜿蜒如羊肠小道，尽头处便是另一番幽静之地。

如若只是民歌的旧体新用，也就不值得乾隆帝的大肆称赞了。李白果然不负"诗仙"名号，"当君怀归日，是妾断肠时"两句看似是女子简单的一句独白，却是颇见功力的"流水对"，思妇的心理随着字间的跳动而波动，却又如行云流水，随意自然。而少妇之所以怀揣这样的心思，只是源于燕地比秦地春到得稍晚些，少妇怨春到燕地迟，看似无理实则饱含了无限缱绻意：我思君早已肝肠寸断，而你这时候才想起我来。短短几句，有景有情，有怨有盼，配得上乾隆的"秀色"之誉。

春含几多情，使世间女子都在春日滴尽相思泪。或许美丽的风景，正因这些美丽的情愫变得更迷人；而美丽的情愫，正因春日的明媚而变得更加妩媚。相思和春天，从来都为彼此锦上添花。

《春思》中的思妇虽然"恨"君不早归家，恼春风无情，读罢却有一股淡淡的温馨在心中升腾。活泼的情思正如春风一般，虽带着些许寒气，却实实在在地传递着温暖。

李白还有首《秋思》，同样是思妇盼征人归的主题，虽然诗中仍有春景的描绘，但是却无一点生气勃勃之意，相反，肃杀之气笼罩全诗，思妇的绝望溢于言表。

春阳如昨日，碧树鸣黄鹂。
芜然蕙草暮，飒尔凉风吹。
天秋木叶下，月冷莎鸡悲。
坐愁群芳歇，白露凋华滋。

昨天还是鸟语声声、树木茂盛的春天，眨眼之间，就成了今日百草凋零、凉风萧萧的凋敝景象。黄鹂婉转悦耳的春歌，此时

也变成了莎鸡悲凉的哀鸣。思妇的年华就在无尽的等待中随着季节的转换一天天老去。

这首诗里的主人公情绪极为低落，已经没有《春思》中思妇那种满含深情的期待和埋怨，呈现出心如冷灰的孤寂状态。相比之下，《春思》中的思妇隐藏在不满和责备之下的，是一颗饱含爱情的心。可以说，《春思》中活泼的情思正是它的独特之处。

春风入罗帏，思妇是真怒也好，假怒也罢，春风的这一动作终究是个美丽的错误。

我打江南走过
那等在季节里的容颜如莲花的开落

东风不来，三月的柳絮不飞
你的心如小小寂寞的城
恰若青石的街道向晚
跫音不响，三月的春帷不揭
你的心是小小的窗扉紧掩

我达达的马蹄是美丽的错误
我不是归人，是个过客……

思妇闺怨，是中国传统诗词中历咏不衰的一个主题，不仅如此，现代诗中也常常出现它的身影。台湾诗人郑愁予的《错误》全诗只有九行，分为三个小节。诗人借无法归抵的离人的情怀，描绘了一个终日守着春闺的少妇内心的寂寞、无奈和怅惘。

《错误》别出新意，以浪子过客的眼睛观察江南小城，想象思妇独守空室时的百无聊赖。他仿佛感受到了思妇的心"如小小的寂寞的城"。

远处街道上传来了声声蹄音，那是远方的他回来了吗？但是岁岁年年，痴痴等待，层层期盼一次次的落空，如泡沫般，美丽却终归是幻觉。她没有揭开春帷，但她双耳靠近窗棂，心想着要是有脚步声来叩开自己紧闭的心该多好啊！

可结果是达达的马蹄声和《春思》中的春风一般，是个错误，思妇心中刚升起的热望被冰冷的现实击碎。

这个错误终归是美丽的，正如无事入罗帏的春风，为沉闷哀婉的闺怨诗带来一股清新之气。

【注释】
①燕：指燕地，诗中征人所在的地方。②秦：指秦地，今陕西一带。诗中思妇居住的地方。

李白　平生不会相思，便害相思：

月光一寸，相思一寸：

杜甫

何时倚虚幌，双照诉离情

　　月光如水，那静静的相思，如滴滴甘露，净透人心，直落心底，打动着每一个有情之人。无论想念的是父母、朋友，还是恋人，抑或只是不懂事的儿女，蘸着月光独有的清辉，相思之感便一一来袭。

　　一束月光，穿山绕水，投递在彼此的眼中，又从眼中越过，直抵内心最柔软的地方。那月光无比清冷，就像藏在心底的相思，缥缈、忧伤。

　　相思成诗，忧伤亦美。杜甫伫立在风中，抬头望月，却也忍不住泪湿衣襟。啼哭无声，便让月光流淌成肺腑之言。孤身一人，思家急切，便触发了真切的离情别绪。他是性情中人，诗便也能渗透人心，撩拨人心中最柔软的地方。

《月夜》便是佐证。

　　今夜鄜州^①月，闺中只独看。

　　遥怜小儿女，未解忆长安。

　　香雾云鬟湿，清辉玉臂寒。

　　何时倚虚幌^②，双照泪痕干。

　　安史之乱中，杜甫被困长安，归家不得，却不想着自己如何脱险，而是时空穿越，想到此时正在鄜州的妻子。明月皎皎，她独自坐在闺中，想必也是在思念自己吧。一轮月，两地情，何时能团聚，双双依偎在薄帐前，共赏天上的明月。

　　一轮鄜州月，照见的却是妻子孤独的身影。按理说，妻子有儿女陪伴应该减轻少许思念吧？奈何他们年纪幼小，尚不知"思念"为何物。因此望月思人的妻子比起自己就显得更加孤单了。《瀛奎律髓汇评》引用清代纪昀的评论："言儿女不解忆，正言闺人相忆耳。"又引晚清许印芳言："对面着笔，不言我思家人，却言家人思我。又不直言思我，反言小儿女不解思我，而思我者之苦衷已在言外。"

　　幼小的儿女不会因为月圆思念远在他乡的父亲，于是栏杆旁望月思夫的妻子更显寂寞。夜深雾重，妻子的头发是不是已经被雾水打湿了？夜凉如水，妻子托腮望月，手臂大概也会感觉到寒

月光一寸，相思一寸……

杜甫

冷吧？妻子相思成痴，诗人自己又何尝不是，只不过无处排遣，只得通过这轮明月遥寄相思了。

到底何时才能团圆，共倚窗前同赏明月呢？无限相思，缱绻万千，天各一方的夫妻两人只得期盼着这种愁苦可以快点结束。可喜的是这种相思并不是单相思，双向的情感流动，使诗人与妻子的依恋之情更加浓烈。还好我想你的时候你也恰巧在想我，这也是凄风苦雨生活中的一点亮色吧。

月亮一直被文人墨客钟爱着，歌咏着，中国灿烂的诗歌史上历来不乏经典的咏月之作。李白在《把酒问月》中说："今人不见古时月，今月曾经照古人。古人今人若流水，共看明月皆如此。"

这是李白对人生幸福与无常的一种感慨。今天的人已经看不到古时候的明月，而今天的月亮却曾经照耀过古人。古人和今人逝者如斯，但那些曾经鲜活的生命，都曾对月感伤，望月怀远。千古离思，都不过是一束皎洁的月光。虽然历史的背景不断变换，但留在人们心中的情意却是相通的。

与李白的诗作相比，杜甫的诗更显得有厚重感。这与杜甫所处的时代背景有关。因为安史叛军的步步紧逼，玄宗之子，即太子李亨仓皇北上。公元 756 年六月，长安沦陷，一个月后李亨在灵武登基，改年号为"至德"，史称肃宗。得知这个消息的杜甫把家人安顿在鄜州（今陕西延安）的羌村，决定独自赶赴灵武投奔肃宗。谁料途中他被叛军虏至长安，虽未遭囚禁，却不得不中断计划，滞留在沦陷的国都。

诗人独在异地，恰逢月圆，对月思家，遥望亲人，于是提笔写下心头那份复杂的情感。由此可见，这不是一般情况下的夫妇离别之情。

杜甫在半年以后所写的《述怀》诗中说："去年潼关破，妻子隔绝久""寄书问三川（鄜州的属县，羌村所在），不知家在否""几人全性命？尽室岂相偶！"两诗参照，就不难看出"独看"的泪痕里浸透着天下乱离的悲哀，"双照"的清辉中闪耀着四海升平的理想。字里行间，时代的脉搏清晰可辨。

杜甫一生颠沛流离，漂泊不定，经常远离故乡和亲人。对于自己的家乡、亲人，他的思念情切，刻骨铭心。可这种思乡情也曾跨越千山万水，从历史的烟尘中走到现代，化作一张小小的船票，寄托余光中的哀愁。

小时候

乡愁是一枚小小的邮票

我在这头

母亲在那头

长大后

乡愁是一张窄窄的船票

我在这头

新娘在那头

后来啊

乡愁是一方矮矮的坟墓

我在外头

母亲在里头

月光一寸，相思一寸……

杜甫

而现在
乡愁是一湾浅浅的海峡
我在这头
大陆在那头

乡愁是中国诗歌史上一个常说常新的主题。可这种乡愁与时代联系起来就更加令人深思。古时有杜甫被困长安，眼睁睁看着国破家亡之苦，现今有余光中寓居中国台湾，饱尝海峡分裂之痛。乡愁是大家普遍体验却难以捕捉的情绪，它可以化作月光也可以变成船票，但这种情感却是共通的。

"海上生明月，天涯共此时。"月光清雅、素淡，如一曲离歌拨动人们的心弦。月光如水，清新凉透，载满了深深的哀愁，载满了人间的离别与思念。月亮悠远、神秘，而又妩媚动人。尘世几番梦回，一首《月夜》，照透古今相思，令今人的情感，如每一寸月光，皎洁、多情。

【注释】

①鄜(fū)州：今陕西省富县。当时杜甫正在长安，其家眷在鄜州羌村。②虚幌：透明的窗帷。

我有所念人，隔在远远乡……

——白居易

我有所念人，隔在远远乡：白居易

与君携手，看细水长流。

夕阳西下，斜照着相互搀扶的两位老人，总让人心头涌起暖意。温暖之余，却又有一丝落寞笼罩心头。从前的爱情是常常见面，同食共眠，一起迎接晨昏四季。而现代社会，也许是观念的变化，也许是生活的压力，总之年轻人似乎更愿意选择一种自由、不受束缚的相爱方式，"生为同室亲，死为同穴尘"只成了一个传奇，一个童话。

从白居易这首《赠内》诗中，我们可以一窥从前爱情的模样。

生为同室亲，死为同穴尘。

他人尚相勉，而况我与君。

黔娄固穷士，妻贤忘其贫。

冀缺一农夫，妻敬俨如宾。

陶潜不营生，翟氏自爨薪。

梁鸿不肯仕，孟光甘布裙。

君虽不读书，此事耳亦闻。

至此千载后，传是何如人。

人生未死间，不能忘其身。

所须者衣食，不过饱与温。

蔬食足充饥，何必膏粱珍。

缯絮足御寒，何必锦绣文。

君家有贻训，清白遗子孙。

我亦贞苦士，与君新结婚。

庶保贫与素，偕老同欣欣。

在新婚之际，他的"结婚宣言"让爱情开成花海。

至纯的誓言在起始之时，便是真心一片。你我在有生之年结为夫妇同室而居，相亲相爱，死后依然是同处一个棺椁，一起化为尘土。

战国时人黔娄，著书四篇，阐明道家主旨，尽管家徒四壁，依然安贫乐道，视荣华富贵如过眼云烟。其妻子出身贵族，却豪气如云地脱下绮罗换上布衣，洗尽铅华插上荆钗，从千金甘愿变为平民。她躬操井臼，与黔娄夫唱妇随，情好无间，同看花开花落，听鸟语声喧，风过林梢，过着与世无争的幸福生活。

冀缺在家务农，于田间除草，每至晌午，妻子不顾炎热，便将饭菜送到田里。纵使贫穷，二人却相敬如宾，不改深情，日子过得充盈而幸福。

且看那不为五斗米折腰的陶渊明，在五柳边安了家，"种豆南山下，草盛豆苗稀"，妻子没有怨言，只说"夫耕于前，妻耘其后"。浔阳柴桑的蓝天白云下，大地显得格外肃穆，空气显得格外清新，而他们一前一后的身影也显得无比周正而挺拔。

举案齐眉，多么温婉的婚姻，正发生在梁鸿和其妻孟光的身上。他隐居山林、甘于贫贱，她便卸下钗环，绾起长发，抹去脂粉，换上布裙。他们过着晴耕雨读，抚琴饮酒的自在生活。怎能不让人羡慕呢？

虽然读书少，但这些事应该也听闻过了。"至此千载后，传是何如人。人生未死间，不能忘其身。所须者衣食，不过饱与温。蔬食足充饥，何必膏粱珍。缯絮足御寒，何必锦绣文。"到这千年后，传说的又是怎样的人呢？人生所需要的衣食不过温饱。饭衣蔬食又如何，荆钗布裙又如何，只要两个人的内心有着深深的情、深深地彼此懂得，这俗世依然璀璨。清贫与朴素，至老依然欣然快乐。

虽然这只是写给妻子的赠诗，但也可以看作是一封动人的情书。白居易因诗闻名，也因那些讽喻时政的诗歌而被贬官。宦海沉浮，能够有妻子同喜同忧，快乐可以加倍，愁苦可以分担，人生还有什么更多的奢求呢？在一起的日子，有的时候比什么都重要。所以，当光武帝刘秀有意把姐姐湖阳公主嫁给贤臣宋弘时，宋弘用一句"糟糠之妻不下堂"谢绝了富贵的垂青，选择坚守自己的婚姻和爱情。

在宋弘、白居易等人的眼中，那些甘苦与共的岁月，相濡以沫的支撑，是人世沧桑中最宝贵的一份真情。贺铸有词云："空床卧听南窗雨，谁复挑灯夜补衣！"贫贱夫妻百事哀，如果能够得到妻子的理解与陪伴，对仕途上常常遭遇挫折，并时常颠沛流离的文人来说，实在是一种难得的精神安慰。明晓了这层含义，便不难理解古人的情书了；写给青楼歌妓的多为浓艳香软之词，而写给妻子的情书，虽然平实、质朴，但却深切感人。正如世间无数个平白如水的日子，虽然没有咖啡的浓烈，可乐的刺激，但却细水长流、不可或缺。

"在天愿作比翼鸟，在地愿为连理枝"，美丽的誓言听起来总是甘甜入口，哪怕是在暗暗的夜里，心里也会燃起一盏明灯，将整个人生照亮；哪怕有一天说了再见，美丽的誓言也在最凄冷最落寞的时候，能轻轻抚慰流血的伤口。所以，懂爱的人，总不会要求太多。粗茶淡饭，亦是不可复制的绝美流年。

更有一种誓言，是阴阳两隔之后，仍念念不忘。十年，不够长，他时时将她放于手掌中。一次次，她进入苏轼的梦中，对镜梳妆。清晨醒来之时，他便提笔写下了这首宋词《江城子》：

十年生死两茫茫，不思量，自难忘。
千里孤坟，无处话凄凉。
纵使相逢应不识，尘满面，鬓如霜。
夜来幽梦忽还乡，小轩窗，正梳妆。
相顾无言，唯有泪千行。
料得年年肠断处，明月夜，短松冈。

　　午夜梦回，一轮明月隔着十年的茫茫生死，照得镜前人发如雪，鬓凝霜。只是再皎洁的月光也难免凄凉，藏不住的古铜色荫翳是脸上静默无言的相思泪，是心中无法开解的胭脂扣。苏轼生前对妻子说"不相忘"，故而在她离开之后，他一人在世间默默守护着这誓言。要知道，好的爱情如同一场好的睡眠，从头到脚将你覆盖，给你温暖，让你忘怀尘世的一切不堪。纵然天涯海角亦追随，纵然阴阳两隔亦相念。所以，我们还会对这个世界要求更多吗？

上阳宫，一场寂寞凭谁诉

当历史的追光灯打在杨贵妃的身上时，人们看到了她的千娇百媚和无限荣耀：族人加官晋爵，光宗耀祖。"回眸一笑百媚生，六宫粉黛无颜色。"杨贵妃的盛宠给了人们一个错觉，人们误以为一朝得宠便都是唾手可得的风光，一时间，可怜天下父母心，不重生男反生女。可这毕竟只是个例，不是每个女孩子的命运。

既然历史本身就是一个舞台，有美丽的女主角，也一定会有很多跑龙套的演员。在短暂的一生中，有的人只有一两句台词，而有的人却连出场的机会都没有。她们终生都在为自己的亮相而准备，但年复一年，妆容已老，大幕却不曾拉开。她们甚至连舞台的大小还没有见过，就被告知，节目已经散场。在这场表演中，

我有所念人，隔在远远乡：

白居易

47

人们只记住了"三千宠爱于一身"的杨贵妃。她靓绝六宫粉黛，举手投足间都是大唐的富贵与丰盈。却很少有人想起，那三千佳丽，将如何寂寞并幽怨地度此残生。

白居易以一首《上阳白发人》为上阳宫中的寂寞作了最恰当的注脚。诗中字字寂寞、句句幽怨，如泣如诉，饱含血泪和辛酸。

上阳①人，红颜暗老白发新。

绿衣监②使守宫门，一闭上阳多少春。

玄宗末岁初选入，入时十六今六十。

同时采择百余人，零落年深残此身。

忆昔吞悲别亲族，扶入车中不教哭；

皆云入内便承恩，脸似芙蓉胸似玉。

未容君王得见面，已被杨妃遥侧目。

妒令潜配上阳宫，一生遂向空房宿。

宿空房，秋夜长，夜长无寐天不明。

耿耿③残灯背壁影，萧萧暗雨打窗声。

春日迟，日迟独坐天难暮；

宫莺百啭愁厌闻，梁燕双栖老休妒。

莺归燕去长悄然，春往秋来不记年。

惟向深宫望明月，东西四五百回圆。

今日宫中年最老，大家④遥赐尚书号。

小头鞋履窄衣裳，青黛点眉眉细长；

外人不见见应笑，天宝末年时世妆。

上阳人，苦最多。

少亦苦，老亦苦，少苦老苦两如何？

君不见昔时吕向美人赋⑤；又不见今日上阳白发歌！

红颜渐渐地苍老，白发不断地增多，入宫的时候才仅仅十六岁，现在已经六十。这一入竟是四十四个春秋。四十四年前花容姣好，四十四年之中零落无依，四十四年之后红颜已老，此身已残。当年一起进宫的百余人，现在都逐渐凋零，在寂寞的深宫，只剩下独自一人。

当初拜别父母时，曾以为会享尽荣华富贵，岂料还没来得及见龙颜，已经遭到了杨贵妃的妒忌。幽闭的宫门重重关上，寂寥的岁月无边无际。上阳宫并不是轻歌曼舞、欢声笑语的华美宫殿，而是一座禁锢青春、绞杀热情和希望的坟墓，是一座无情无义、无声无息的监牢。

已然不知外面是怎样的花红柳绿，时间淘汰的不仅是身上的服饰，还有那四十年前的青春、梦想和流年。面对无可挽回的明眸皓齿，只得自我嘲笑。可是在这嘲笑中，似乎又带着深深的苦痛与悲愤。

王夫之说："以乐景写哀，以哀景写乐，一倍增其哀乐。"含泪的微笑，隐忍不发的情绪，才容易深深地把人感染。

三千佳丽，被深锁在上阳宫中，没有君王的召见，也无法与家人团圆。在风霜雪雨中，她们就这样不声不响地凋落成残花败柳，听凭命运的"清场"。就像繁华的一场春梦，未及登台，已

白居易 我有所念人，隔在远远乡：

49

经散去。空留下白发宫女，在寂寞的日子里，倾听岁月的怀想。

弱水三千，只取一瓢饮；佳丽三千，只专宠一人。青春都是一样的光鲜，却未必能够绽放自己的光彩。"枯木逢春犹可发，人无两度少年时。"寒来暑往中，宫花年年依旧火红，而宫女们的黑发却日渐雪白。满怀希望入宫来，不料却被安置在上阳宫，除了遥想贵妃的丰腴，玄宗的恩宠，留在心里的记忆还能剩下什么呢？她们只能寂寞地打发时光，而时光又因为寂寞显得无比漫长。

日子太漫长了，千篇一律的都是寂寞，甚至可以望见人生的尽头，也是寂寞堆砌的时光。

可是除了寂寞的等待，她们又能如何呢？她们只是一群平凡的女子，不似陈皇后，虽然被贬长门宫，依然可以重金托付司马相如，作《长门赋》。武帝见到此赋，大为感动。此赋虽未使武帝回心转意，但毕竟他因此来看望了陈皇后一次。

而这些上阳宫人，自从入宫之日起，不要说皇帝来看望了，就连皇帝的风姿他们也未曾亲眼见过。上阳宫虽是皇帝的行宫之一，但与冷宫相比，凄清程度有过之而无不及。那些冷宫的妃子们，至少见过皇帝，并且也受过宠，只不过因为某事得罪了皇帝而受到发落。对比起来，这些上阳宫人是如此的悲哀。她们做错了什么，从入宫之日起，就陷入了无边无际的等待中？可这等待并未守得云开见月明。转眼时光逝去，皱纹爬上了容颜，一天荣华富贵也没有享受过，生命却在凄凉的等待中渐渐地凋零了。

转眼已是宫中年纪最老的人，皇帝赐了尚书的头衔，可这虚名有什么用呢？能换回大好的青春吗？能将岁月重新来过吗？

唐玄宗当年亡命天涯，后人只能在零星的资料中，读到宠妃们的结局，却无法猜测出那深锁在上阳宫里的三千佳丽，逃往何方，魂归何处？但是，无论哪种结局，能够冲散那紧闭的宫门，逃出这幽闭的监牢，对于她们来说，都是一种解脱吧。

【注释】

①上阳：宫名。在东都洛阳，高宗上元间兴建。见《唐两京城坊考》第五卷。②绿衣监使：太监。唐制中太监着深绿或淡绿衣。③耿耿：微微的光明。④大家：指皇帝。尚书：宫中女官。六朝有女尚书的名号，唐代又称"内尚书"，见王建《宫词》。⑤美人赋：(《新唐书·吕向传》)里记录了这样一个故事：开元(唐玄宗年号)十年，吕向奉旨进入翰林院……当时皇帝每年都会派人从全天下选出面容姣好，德行兼备的女子，安置在后宫，称作"花鸟使"。吕向作《美人赋》讽刺此事，玄宗接受他的批评，升他做左拾遗。

白居易

我有所念人，隔在远远乡……

51

华丽寂寞，不抵十指相扣

　　漫长的封建时代里，无数正值豆蔻年华的少女被送进宫中，顶着一个侍奉君王的空名号，被困宫闱，白白地耗费了青春红颜，坐等白头。可怜这些少女，一生空付与一个喜新厌旧的男人，得不到寻常女子的简单幸福。白居易的一曲《后宫词》，唱尽多少宫中女子的悲愁。

　　泪湿罗巾梦不成，夜深前殿按歌声①。
　　红颜②未老恩③先断，斜倚熏笼④坐到明。

夜来不寐，等候君王临幸。泪落沾裳，竟连梦也做不成。隐隐听到前殿的歌声，知晓君王在与其他妃嫔寻欢作乐，更添烦忧。红颜命薄，容颜未老，君恩竟然已断，她何其悲哀。只有斜倚熏笼等天明，倾尽痴想等待君王，却仍不见君垂怜。

这不过是宫中平凡的一个女子，一心企盼君王的到来，奈何这偌大的宫内还有三千颗同样的心有同样的企盼。如果皇帝从未注意过她，倒也好，她依然是天真不知愁的少女，与其他宫女一样，虽然会寂寞到白头，却也有属于自己的安然和自得。

现如今，因为皇帝一时兴起，她的世界全然被颠覆，她的心再也回不去当初的轻眉淡眼、无绪无波。然而她又没有足够的姿色和手腕让君王专宠她一人，最终只能夜夜泪湿罗巾，辗转反侧，难以成眠。他的短暂宠幸，使她感受几日甜蜜的同时，也造就了此后多少日日夜夜苦涩的回忆。

这样凄清的夜，却衬得不远处的灯火更加灿烂，欢笑笙歌时不时随风飘至。她知道，在那欢歌笑语的中央，正是她日夜思念的人。只是，她除了占据一个妃嫔的头衔，再不曾与他有任何瓜葛，纵使他在那片灿烂处回眸，看见的也不会是她。

只听新人笑，哪闻旧人哭。君王可以名正言顺地更换枕边人，却不知，多少曾经的枕边娇娘，如今守着一个角落黯然神伤，将心事和韶华，都付与空荡的宫房。

她对镜自照，光滑的肌肤，如云的秀发，自己正是最好的年龄，却得不到最好的爱情。明明是花开正盛、娇艳欲滴的年纪，却不入君眼，遭此冷落。她依熏笼独坐，衣袂飘香，望到天色微露初

光也看不到等的人来，其实自己知道，他不会来了。

一天的翘首期盼终究以落空告终，她本想将烦恼抛在一边，就此安歇，可这愁绪怎能马上消失？女子辗转反侧，难以入眠，只得披衣，枯坐台阶。如果这仅仅是一晚的情景那该多好，可命运却是如此残酷，这只是她无数个夜晚中最寻常的一个。就是这些漫长空守的夜晚，组成了她的余生。

不论是妃嫔，还是寻常女子，身为女人的悲哀就是她总认定她的男人就是她的世界，却始终看不清男人的世界不只有她。其实，等待一个男人并没有多痛苦，真正锥心的痛楚是等待心爱的男人从百花丛中流连而来。你为他牵肠挂肚，他却早已忘记了你的存在，或者对你熟视无睹，这该是多么悲哀的一件事。

张爱玲在《有女同车》的末尾慨叹道："女人……女人一辈子讲的是男人，念的是男人，怨的是男人，永远永远。"现代的女子如此，古时的女子尤其是。她们被数千年来约定俗成的礼教规范层层裹缚于一个巨大的茧内，而她们端坐其中，终身不得见天日，以为茧内就是所有的天地。其中深宫中女子的天地更小，她们每日行走坐卧都不离那个金碧辉煌的牢笼，而她们在这个牢笼里生存只为一个目的——取悦同一个男人。

若一个男人身上挂系的芳心太多，一个女人付出越多反而越显得廉价。这就是诗中女子的可悲和可爱之处。为着同一个男人，夜夜孤枕不寐，每天哀伤度日。除了期待，除了思念，除了流泪，却再也寻不到出路。痴痴地念着那个人，直到自己容颜憔悴，直到生命走到尽头；爱着一个任你苦苦祈求，却始终不回头的男人，甚至可以为他生，为他死，这需要多大的勇气。

如今细想，又何必入得那深宫里，高墙后？若嫁与平凡男子，又岂会日日夜夜与这愁绪相对？一位帝王之于一位妃嫔，不过是偶尔分配过后的温暖，再甚者，就是永不再临的皇恩，这中间并没有一个男人之于一个女人的爱情。

倒不如那些寻常巷陌的寻常夫妻，幸福来得也更为容易。荆钗布裙，粗茶淡饭，纵使生活困顿无助，小儿顽劣不堪，至少他们有一起吃苦的幸福，她始终知道她的身后有一双手，一个肩膀给她扶持和鼓励，与她并肩遥望生活中的同一个远方。

谁说女人贪婪如饕餮？她们要的再简单不过：大千世界，只要有一人关怀她，惦念她，就足够。当代诗人舒婷在诗中写下："与其在悬崖上展览千年，不如在爱人肩头痛哭一晚。"纵然河山万里，华服美饰，又怎比得上心爱之人的温暖怀抱。自身的金银珠宝，家人的高官厚禄，众人的奉承巴结，只是满足了虚荣心而已。而爱情能够抵御浊世的所有虚荣和诱惑。一个真真切切在爱着别人的女人不会有任何与爱情无关的虚荣心需要填补。

【注释】

①按歌声：依照歌声的韵律打拍子。②红颜：这里指宫女。③恩：君恩，指皇帝的宠幸。④熏笼：覆罩香炉的竹笼。香炉用来熏衣被，为宫中用物。

白居易

我有所念人，隔在远远乡……

55

一场红尘缘，愁眉倚相思

有一部电影叫《人鬼情未了》，或许电影跟诗一样，纵然天人永隔，亦情爱绵绵。

爱情故事常常可以深深感动一代又一代重情的诗人，纵使玄宗对杨贵妃的爱与大唐命运的急转直下脱不了干系，人们还是会对他和杨贵妃的爱情给予莫大的宽容，甚至赞颂。而白居易的祝福似乎也包含其中。

这祝福源自他对君主爱之深、责之切的忠诚，而这位君主的身上因承载了太多的关切，只能将对贵妃的爱埋入心底，化作离恨。爱别离，恨不能与之长相守。

汉皇重色思倾国，御宇多年求不得。杨家有女初长成，养在深闺人未识。

天生丽质难自弃，一朝选在君王侧。回眸一笑百媚生，六宫粉黛无颜色。

……

马嵬坡下泥土中，不见玉颜空死处。君臣相顾尽沾衣，东望都门信马归。

归来池苑皆依旧，太液芙蓉未央柳。芙蓉如面柳如眉，对此如何不泪垂。

……

含情凝睇谢君王，一别音容两渺茫。昭阳殿里恩爱绝，蓬莱宫中日月长。

回头下望人寰处，不见长安见尘雾。唯将旧物表深情，钿合金钗寄将去。

临别殷勤重寄词，词中有誓两心知。七月七日长生殿，夜半无人私语时。

在天愿作比翼鸟，在地愿为连理枝。天长地久有时尽，此恨绵绵无绝期。

我有所念人，隔在远远乡……

白居易

57

但曾相见便相知
——世间美好在唐诗

在文学史上由唐玄宗和杨贵妃的故事演绎出的文学作品不胜枚举。这些作品的主题大致上可归为两类：一类专注于他们之间的悲剧爱情，比如元人白朴的杂剧《唐明皇秋叶梧桐雨》，被王国维先生评价为"沉雄悲壮，为元曲冠冕"；第二类则是着眼于他们爱情背后的政治意义，比如诗仙李白的《清平调》，诗圣杜甫的《哀江头》，虽然文风不同，但都以唐玄宗因色误国、杨贵妃红颜祸水为主题，批判意味明显。

唐玄宗后期一改前期励精图治、广开言路的形象，沉迷于音乐、女色，专宠杨贵妃，任人唯亲。后来安禄山趁机作乱，盛唐国势一去不返，这些都是史实。但唐玄宗和杨贵妃之间的爱情，虽然不为当时的政治形势所容忍，但也有感情上的真实性。

白居易的这首长篇叙事诗《长恨歌》，既不拘泥于历史，大篇幅针砭时弊；也不局限于爱情格局，情深意浓写哀情。而是艺术化地再现李、杨的故事，融记叙、抒情、议论为一体，于回环反复中激起读者心中的涟漪，任由读者自己去回味、思索。

"回眸一笑百媚生，六宫粉黛无颜色。"自受宠之日起，杨贵妃便将万般宠爱集于一身。她不仅仅自己新承恩泽，而且姊妹弟兄都得以入朝，享尽荣华富贵。

然而，爱情并非重点，在反复渲染唐玄宗得贵妃以后在宫中如何行乐，如何终日沉湎于歌舞酒色之中之后，诗人将安史之乱的罪名直指贵妃："渔阳鼙鼓动地来，惊破霓裳羽衣曲"。这也是世世文人一贯的做法，将女人说成红颜祸水，将亡国这一沉重的罪名扣在了手无缚鸡之力的女子身上，让人好生遗憾。

从贵妃进宫到安史之乱前，李杨二人又有何过错，他们无非是一对普通相爱的男女，想谈一场轰轰烈烈的恋爱，他们的爱情犹如昭阳殿外绽放的桃花，热烈而娇艳。故而，后人宁可将这首诗看成是关于爱情的，而非关于政治。

可美好的爱情故事总不那么一帆风顺，更何况男主角是君王。马嵬坡前，六军不肯向前，他们把军队的溃败归咎于杨贵妃。马嵬坡上的那一场生离死别，李杨的爱情就此转向悲剧，进而走向毁灭。为了保全大局，只得保江山而舍美人。马嵬坡，成了李隆基永远的伤痛之地。

国家保住了，却永失我爱。

回宫后失去爱人的玄宗日日浑浑噩噩，偌大的宫殿只剩自己形单影只。曾经还嫌弃她娇奢无度、任性自我，而今看来那时的一切是如此美好。现在只能在梦中苦苦相寻她似乎还未散尽的魂魄。只希望天上的她能收到信物，感受到玄宗的悔恨与思念。

李隆基想尽一切能与逝去的玉环相见的办法，哪怕再看看她的泪，看她哭得梨花带雨也好。

"在天愿作比翼鸟，在地愿为连理枝。"分开之后的愿望单纯而善良，什么都可以舍弃，哪怕做花鸟，只要紧紧相依便足够了。此时的玄宗才知道，天人永隔是爱情最遗憾的事。两个人在一起厮守虽然会有人生的尽头，但与爱还在却人鬼殊途相比，是多么值得庆幸的事。恐怕这也是"恨"之所在，恨的是自己当初为何没有舍命保住自己的爱情，让天长地久的誓言沦为了旷古遗恨。

一曲长恨歌，替一代帝王歌出了心中的爱与痛。一位举旗新乐府改革的诗人白居易却将李杨的爱情遗憾书写得这般淋漓尽致。一生都在陈百姓之苦、斥苛政之弊的乐天，在这样一段被很

白居易

我有所念人，隔在远远乡……

59

多人咒骂的爱情中倾注了太多的情感。这让所有人不得不怀疑，白居易在李杨爱情悲剧之中，是否看到了自己的影子。

他有诗《邻女》云：

婷婷十五胜天仙，白日姮娥旱地莲。

何处闲教鹦鹉语？碧纱窗下绣床前。

白居易青年时期，曾随父在符离读书生活。在符离的日子无非读书、与其他诗人一起写诗唱和，生活如流水一般平淡无奇。然而，一个叫湘灵的女孩的出现，扰乱了诗人平静的心。她是比他小四岁的邻居，活泼天真，粗通音律，二人经常在一起读诗谈笑，感情与日俱增。十几岁正是情窦初开的年纪，一场青梅竹马的初恋自然地在二人身上开始了。她的一颦一笑一语都牵系到他的心。然而好景不长，这对深深眷恋的情侣并没有坚定地走下去。

许是李杨的爱情故事揭起了白居易心里尘封的往事，触到了他敏感的伤口，否则志在兼济天下的诗人又怎会对别人的爱情长篇大论呢？爱，直至成伤，相爱却不能相守，是一生最大的遗憾。总是在时过境迁之后，才恨自己当时没有信守恋爱时的誓言，陪她至地老天荒。

爱过知情重，醉过知酒浓。有多少以分离为代价来证明的爱，在心底苦苦郁结成了一缕黑色的怨恨，哽在喉中，吞吐不是。佳人风华随着所有的柔情旖旎，如行云流水匆匆散尽，如若不能相守，却还要眼睁睁地看她慢慢离席，让心中的爱变作怨恨刺伤双眼。白居易是明白其中遗憾的，也理解了同是男人、同样悔不当初的玄宗。

　　风依然吹拂着今人的脸庞，云只看见曾经的爱恨，那经过了春花秋月和生死两茫茫的人心中该留下怎样的涟漪或是波涛？那涟漪经久不能停息，波涛历时不曾退去。这苦涩除了能写进诗中，谁又能理解其中的滋味。

　　爱总是后知后觉，总是要经历了生离死别后才知道自己的爱到底有多深。将这样的感情写进诗里，有无奈，有遗憾，有伤惋，丝丝缕缕化进爱情里，便成了结；化进诗情时，便成了愁。

三千弱水，只取一瓢足：元稹

碧落黄泉，一个人的白首之约

红颜如花，流年似水，人生最难躲开的是命运的无常。如同没有花开的春，萤火不眨的夏，不见雁阵的秋，白雪不落的冬，爱人逝去，生命陡然出现了一个庞大的缺口，空空落落。没有了她，再温暖的前事也是冷的、凉的，无法温暖元稹那颗孤寂的心。

人世还很长，人时却已尽。回首往日一如昨，历历在目，却又再也无法触及。

韦丛二十岁时，以太子少保千金的身份下嫁于元稹。彼时元稹初落榜，尚无功名，又无背景。然韦丛与她父亲一样深惜元稹的才情，对元稹家中的清贫淡然处之。

婚后，元稹忙于应试，家中大小事务皆由韦丛一人周全，生火做饭、洗衣买酒，自是温柔体贴，从无怨怼。就这样，两人朴素相依，欣然携手，共度了清贫岁月。

人生无常，可惜世人总是看不到生命拐点处的结果，就在元稹的仕途出现曙光时，猛烈的暴风雨再次撼动了他的心灵。也许是因为清贫和操劳，二十七岁时，韦丛就离开了人世。她与元稹同苦七年，如今元稹飞黄腾达，守得云开见月明，她只看一眼云散月出，而没有福分被月亮的清辉照耀。她的撒手人寰，让仕途得意的元稹，心中一下子空落了起来。于是思念拔节，痛苦疯长。

我们不是说好的吗：除非海枯石烂，世界不存在了，我们不得不跟着消亡，否则一定要相守到老。可如今伊人已去，这个世界再也无人挂念自己了。

曾经天真地以为，时间很多，只要我愿意，随时可以捉住你的手。但现实却是那么残酷，感情终究难以逃脱命运的沙漏，如今只留我孤灯独叹，再也不能与你同坐，共剪西窗烛，闲话巴山夜雨。那些平日最常见的场景，如今却已不能重现，倏忽间，恍如隔世。

以前自己遭遇挫折时，妻子总是陪在身边，给自己加油鼓劲，不离不弃。而今时来运转，妻子却已不在，徒留自己一个人伤春悲秋，将思念编织成一根长长的线。元稹想到妻子对自己的千般好，不禁悲从中来，而今伊人已逝，自己却连送她最后一程都没办到。

韦丛下葬时，元稹因御史留东台而没能亲自送葬，这对于他来说，怕是至深的遗憾。在元稹心中，韦丛独占最广阔的一角，让他深切思念却又无尽悲伤。娶她，本是政治上的希冀。本来仓

促的婚姻，却让两人由此注定了一生一世的情缘，不再视如儿戏。彼此始料未及地起了婚姻的头绪，而接续的，是势必永远缠结在一起的结发鸳盟。

他们前世似乎是有着未尽的缘分，所以在今生能这般相遇相守、日日情笃。可是，月尚有缺，活在人世间岂能事事圆满？陪我们在黑暗中匍匐的是一些人，而陪我们站在阳光下的又是另外一些人。

物是人非空余恨，悲伤若此，又能向谁诉说？只好将一腔深情交予那些同病相怜的前辈，一起相拥着取暖罢了。

闲坐悲君亦自悲，百年多是几多时。

邓攸①无子寻知命，潘岳②悼亡犹费词。

同穴窅冥③何所望，他生缘会更难期。

惟将终夜长开眼，报答平生未展眉。

生不能把握，死不能挽回，漫长人生的这两端委实让人无可奈何。岁月冷，青衫薄，一首《遣悲怀》从头至尾渗透出层层寒意。此间漫长沉重的忧伤，让人更加无处遁形。

闲下来时，难免想到你，同时也想到我自己，世人所谓的人生百年到底有多长呢？如今，你已逝去，我的时日又还能有多久呢！你我携手七年，于我而言竟似一瞬，这难道是命运的安排？

邓攸弃儿保侄，心地善良，可是最终却一生无子；潘岳的《悼亡诗》在钟嵘的《诗品》中被列为上品，但是现在看来又有什么用呢，对于逝去的妻子而言已无任何意义，不过是徒费笔墨罢了。死者长已矣，而生者还是要继续面对这尘世的满目疮痍，纵使步履维艰也要走下去。

你走后我方知晓，人间为何会有良辰美景不再的惆怅。没有你的世间，让我陷入一种深沉幽暗的绝望之中，我在其中，伸出手，想抓住你，而我抓回来的不过是一团冷雾。

共同埋葬在幽暗的墓穴里的那天何时才能到来？来生再相聚，再做夫妻的机会恐怕更难等到了！你知道的，你在我心中一直沉甸甸的，不轻松，也不允许轻松。而我曾许你的一世欢颜，从未兑现，如今只能以你不知的方式静静偿还对你的所有亏欠。

然而，今生抓不住的，又如何能期待来生？从此以后，我只能用彻夜不眠的相思来回报你生前从未展开的笑颜了。

是不是当一个故事太过悲伤，人们就会以诗的方式将这悲伤尘封在其中，在众人传唱的口唇间冲淡那份化不开的浓愁？

命运真是一位人间戏剧中最具匠心的设计师。它将我们推向幽暗深渊，在我们下落时又给我们晴朗风月，这些就如同一种静默的昭示，仿佛它是在告诉世人，世界空阔，懂得爱的人不会总在底处。

所以，纵使漂泊不定，纵使曲折难平，世人也有理由承认，正是爱让生命成为一件值得期待的事。

【注释】

①邓攸：字伯道，西晋人，官至河东太守，战乱中舍子保侄，后终无子。

②潘岳：字安仁，西晋人，妻死后曾作《悼亡》诗三首，被后世传诵。③窅(yǎo)冥：幽暗的样子。

元稹　三千弱水，只取一瓢足……

67

鸳鸯只影，唯有旧时山共水

爱情的法力到底有几大？它可以让人放弃三千弱水，只取一瓢足以饮一世。

那个为爱而忧伤的少年维特说："从此以后，日月星辰尽可以各司其职，我则既不知有白昼，也不知有黑夜，我周围的世界全然消失了。"

那痴情的郑国男子说："出其东门，有女如云。虽则如云，匪我思存。缟衣綦巾，聊乐我员。出其东门，有女如荼。虽则如荼，匪我思且。缟衣茹蘆，聊可与娱。"

爱情拥有如此魔力，有了它，这一生繁花似锦，便再也入不得眼，进不得心。

曾经沧海难为水，除却巫山不是云。

取次花丛懒回顾，半缘修道半缘君。

　　这四行字，是元稹献给亡妻韦丛的《离思五首》中的一支。品味诗中那浓郁的愁苦滋味，除了佳人逝去之悲，更有再无心流连人间美色，为亡妻修禅，此生不悔之意。

　　古人说，"观山则情满于山，看海则意溢于海。"山山水水总能留人愁绪，抒怀解忧。但是，在元稹看来，这一切似乎都毫无意义，他在诗里说："如果曾经经历过大海的苍茫辽阔，又怎会对那些小小的细流有所旁顾？如果曾经陶醉于巫山上彩云的梦幻，那么其他所有的云朵，都不足观。现如今，我即使走进盛开的花丛里，也无心流连，总是片叶不沾身地走过。我之所以这般冷眉冷眼，一半因为我已经修道，一半因为我的心里只有你。"

　　自亡妻别后，便再也没有爱情可言。如果韦丛在天有灵，读到此诗应该也会颇感欣慰吧。对妻子浓浓的怀念可与沧海水、巫山云、花丛花相比，当真曲婉深沉。元稹把用朴语写真情，淡淡怆然，显得伤而不俗，难怪后人称此诗为悼亡诗中的巅峰之作。

　　人的一生也许会爱很多次，但总有一次是刻骨铭心，矢志不渝的。如果这份爱能够在对方的心里深深扎根，就可以长成参天

元稹

三千弱水，只取一瓢足……

大树；任时光匆匆、年轮变换，也带不去心底的这份执着。能有如此爱情，生而为人，也算不枉此生。世上痴男怨女的爱情，正是因为有了这份不舍、不忍、不放下，才显得弥足珍贵。就像电影《霸王别姬》中程蝶衣所说："说好了一辈子的，差一年，差一个月，一天，一个时辰，都不是一辈子。"而伟大的爱情，也似乎正是因为这份"非你不可"的执拗而显得不容错过。

也许在他人眼中，韦丛并不是完美的女人；但在元稹心里，她的一颦一笑、举手投足都完美得无可挑剔。"情人眼里出西施"，爱的光芒照耀着人的内心，一切都是那样美满。假如心爱的人不幸离世，或两人被迫分开，那么留在心里的也一定是最美的回忆与惆怅。

元稹便是如此。

"你永远不会知道，没有你，我如何可以从此不赞不忏；我如何可以只走大道，向日出之地，喝洁净的水，我又如何可以从尘土起行，到尘土里去。

"我们窗前读书、廊中散步、月下对酌的那些过往，如今只好比天上一夜好月，得一壶好茶，只供得你我一刻受用，难及永恒。我们曾以万年为盟为誓，那时只觉一万年何其修远，谁想却又像是刚刚逝去的昨天，转眼只剩得我一人把生命的哀歌唱到人生暮色。只是你走后，我再无心于其他，这世上的时光，我只想与我自己无悲无喜地度过。"

韦丛走后，他在一首首悼亡诗中絮絮地说着他的思、他的悔、他的痛，如《遣悲怀三首》《春遣怀八首》《离思五首》。这些诗中有通过生活中的几个细节来表现韦丛嫁给自己后所受的苦难，也有因她去世引发的悲思和人生短暂的感悟。

元稹写下的数阕悲歌，和他那情到深处万念俱灰的赤诚，千年来流淌不断。不知情人声声叩问与慨叹：这世间，为了爱情到底可以做到哪一步呢？而深陷爱情旋涡的人听到这问题，也许只是浅浅一笑，"不知我者谓我何求"，不解释，不辩白。

而作为自己故事的当局者，他人故事的旁观者，邵燕祥倒是替这些痴情鳏夫们说了个分明：

所有的美丽都是夭折的
我以为宿债已经偿还

过去的并不轻易过去

大海干枯时
伤口有盐

我想忘记你的眉眼
你的痣却在微曬中闪现

我猜出你没说出的话
你罚我和自己的惆怅纠缠

三千弱水，只取一瓢足：

元稹

71

扬州风烟，青楼薄幸：

杜牧

烟雨红颜醉江南

大唐诗人的风流，一半给了酒，一半给了女人。要么醉泡在酒坛中，要么沉睡在温软耳语中。细数大唐三百年，一面心怀天下登临吊古，一面纸醉金迷酒色不离的诗人，当数晚唐杜牧。

唐德宗贞元十九年（公元 803 年），杜牧出生，和他并称"小李杜"的忧郁诗人李商隐比他还晚出生了十个年头。在他们生活的年代，气势磅礴的锦绣盛唐逐渐成了一个脊背佝偻、脚步蹒跚的老者，越来越力不从心。

时局如西风落照，有人竭力挣扎，有人醉生梦死。

熟读史书，看透时局，书生已然正心修身齐家，却无力治国平天下。在仕宦不遇和沉沦人生的尴尬夹缝中，杜牧唱起一支风流的曲子，来为自己疗伤去痛。才子果然是才子，两首《赠别》一不留神就创造了一个意蕴优美的词——豆蔻年华，为其后的诗工词匠添了一块精致的砖瓦。

娉娉袅袅十三余，豆蔻梢头二月初。
春风十里扬州路，卷上珠帘总不如。

多情却似总无情，唯觉樽前笑不成。
蜡烛有心还惜别，替人垂泪到天明。

眼前的歌妓身姿娇俏秀美，正逢十三四岁的年纪，就如同含苞待放的豆蔻一样鲜嫩美丽。虽然扬州歌台林立，美人如云，但是与她比起来都失了颜色。

相聚的时刻总是那么短暂，转眼就到了离别的时刻。在送别的宴席上，两人本来应该互诉衷肠，互慰离殇。但是，两人却像没有感情的陌生人一样，多情却被毫不在意的冷漠代替。原想把酒言欢，用欢笑舒解二人的离愁，可是笑容最终还是僵持在脸上。与人相反，蜡烛就像是有情感的人，舍不得离别，代替即将离别的情人一直流泪到天亮。

再不忍，离别总是会到来。回望十里扬州路，再相逢，仍旧莺歌燕舞。

高中进士不久，杜牧离开了污浊压抑的京城，入幕宣州和扬州。流连扬州的十年，可能是杜牧人生中最快乐的十年。因为在这里，他找到了暂时拯救灵魂的良药。十年里，他扎进烟雨红颜不问世事，不为拥枕风花雪月，只为怜惜那命比纸薄的娉婷少女，怜惜那颗与他相似的脆弱心灵。

仅仅是一位地位卑微不知名的歌妓，杜牧就倾情奉上诗作与真情。只不过是一个"花"字、一个"美"字，却将心中的倾慕表现得淋漓尽致。诗人阅遍"十里扬州路"，都觉不如这豆蔻年华的少女；又以"无情"写多情，以蜡烛燃尽滴落蜡泪，比喻伤心女子"替人垂泪"，爱怜之心流露无疑，尽显诗人的风流。

那个年代的女子，一出生命运就已经被决定，言笑、寝食、婚恋都不自由。不自由的何止是她们，也包括诗人自己。杜牧之所以能够对她们的痛苦和哀愁感同身受，是因为她们身上有自己的影子。

那还是在宣州幕下任书记时的事。一日，杜牧到湖州游玩，湖州刺史崔君素知杜牧诗名，盛情款待。唤来当地名妓举行赛船水戏，当时的盛况可谓万人空巷。春色满园，却没有一人能打动杜牧的心。后来，他遇到一老妪带来的十几岁小姑娘，自认为眼光独特的杜牧认定她将来必成美人，于是与其订下十年约定，送上聘礼十年后前来迎娶。如十年不来，姑娘自可另嫁。待到杜牧当了湖州刺史前来寻找当时少女时，已经过了十四年。少女已在三年前嫁作他人妇，成为人母。失约又失恋的杜牧只能叹花叹草叹命运无常，作《叹花》诗云：

自是寻春去校迟，不须惆怅怨芳时。

狂风落尽深红色，绿叶成阴子满枝。

　　曾见过含苞待放的芳菲，再寻芳踪时已太晚。风吹花落满地凋零，繁花不再却硕果累累，全诗不见一个"叹"字，却题为"叹花"。诗人把全部的悲叹都蕴含在面对花残的遗憾中，惆怅不已。花如此，人亦如此。无论对人对己，机缘都转瞬即逝，不禁让人惋惜。

　　故事只能是故事，当故事走远，心里烙下的痕迹却能天长地久。

　　官场上很多失意的文人，都喜欢去女子身上寻找理想。且不说"忍把浮名，换了浅斟低唱"的白衣卿相柳永，连雄姿英发的辛弃疾在功业不就时也渴望"红巾翠袖，揾英雄泪"。世间再无知己，苍凉至极，所以他们只有将目光投向绿意葱茏的远方。

　　人生长恨，水长东。

　　这世间有多少情感无处皈依，只能将其安放他所，聊以安慰。弹一曲《六幺》作背景，杜牧将这无限好的扬州风光没有归属的情感，化作诗情寄托在纸墨里，寄托在女子身上，借以安慰他徘徊的灵魂。

　　前世恍然如梦，酩酊或伶仃，只因为赢不到生前身后名。会昌二年（842年），杜牧忆起昔日扬州生活，不禁写下了《遣怀》。

落魄江湖载酒行，楚腰纤细掌中轻。
十年一觉扬州梦，赢得青楼薄幸名。

扬州风烟，青楼薄幸：
杜牧

政治失意之后，杜牧便寄情于青楼酒肆，放浪形骸。他日日与酒为伴，看似潇洒实为失意，只不过借酒浇愁。青楼楚馆中的女子不仅貌美而且擅歌舞，诗人与她们整日相伴，沉迷酒色，风流韵事自然不必细说。

然而，人生如梦，也同样如梦初醒。

本想暂借温柔乡来忘却身外事，可他并没有从失意中解脱。《杜牧别传》中载"牧在扬州，每夕为狭斜游，所至成欢，无不会意，如是者数年"。诗人回想当初的生活，有往事如梦的不真实感。

"十年一觉扬州梦"那样的生活已经远去，但又像一觉那么短暂，细细回味，感慨、沧桑都悲从中来，令人痛不欲生。杜牧诗文俱佳，才华横溢，又是名门之后，然而平生志向却始终未得施展。十年的努力，他依然做人幕僚，屈居人下。他除了放浪形骸，还能怎么样呢？

更为可悲的是，同样浪迹青楼的柳永，得到了来自妓女们的爱戴，但同样流连风尘的杜牧，却只换来了"青楼薄情人"的名声。

柳永知道自己一生都无法走上仕途，所以能够将一颗赤胆之心完全地放在俗世中，所以他虽然潦倒，精神上却并不痛苦。而杜牧虽然人在烟花深处，纵情畅饮，但他的心并没有在青楼驻足，总是怀着一展宏图的志向。因此，他既不能安心在青楼里挥霍感情，也无法完成自己的愿望。深深的自责交织着沉重的失意，纠结在他的心中。

无奈此种纠结却像春风野火似的蔓延，春风无限，酒色人生，遮掩了多少江南的落拓！细细玩味却是落魄潦倒的酸楚：载酒江南，沉醉细腰，这样的风流，后人只能凭着历史的线索去慢慢揣度。

"青楼薄幸"也好，名动天下也好，都为的是一个"名"。赢得与不得，自嘲与辛酸化为一声叹息，永远地留在了诗中。

梦想如一条闭合的曲线，走了一圈，发现始终在原地踏步。其中的伤感、抑郁、悲愤，都不是三言两语就能诉说的。

中年的杜牧，回忆起那些轻狂往事，一件件仍清晰如昨，可见他一直没有解脱。失意之余只好又重将女子当成最后一根稻草，正如他在《杜秋娘诗》中写道："女子固不定，士林亦难期。"女子与士林，纵使真的那般相似，又有几人能身在其中而游刃有余。

与其说女人或酒是诗人们沉醉的温柔乡，倒不如说他们是古往今来落拓文人的一个歇脚的驿站。没有到过的人对他充满了幻想，而离开的人又在梦与醒的挣扎中脚步踉跄。

驳杂的诗句记下了一个难以解读的杜牧，比如他风流之余的沉沦究竟是什么，是风流个性的张扬，是夹缝中的自我拯救，还是温软人生的流连？大概没有几个人能真正读得懂。

杜牧本身就是一首诗，如同依然在淅淅沥沥的春雨中沉默的扬州，沧桑而绰约。

十年一梦。只叹，在梦中用以自欺的洒脱与风流，不是根治晚唐痼疾的良药，不能给腐败的政治、黑暗的时局带来一点光亮；梦醒之后，山河依旧，大厦将颓的势头依旧。

只是昔日的黑发玉面少年郎，如今早已两鬓斑驳，吟着"落魄江湖载酒行"的潦倒，进不得退不得，其中的尴尬，谁能说清呢。

情自无题，心有灵犀……李商隐

初见你，我便将情根深种

　　"年华似水匆匆一瞥，多少岁月轻描淡写。"此中包含的尽是时光匆匆、佳期不待的遗憾。好时光就像好天气，应该尽情享受，而不该被辜负。大概是韶光太美好，无论如何想方设法令它丰富多彩、花团锦簇，依旧会留下遗憾。在最美好的时光里，最好的际遇，莫过于遇到一个合适的人，从此两两执手，共度余生。

　　然而有时缘分只是昙花一现，擦肩而过之后便渐行渐远。正如这首《无题》，短暂的欢愉过后，留给以后岁月的除了苦涩的回忆与深深的遗憾，还能有什么呢？

昨夜星辰昨夜风，画楼西畔桂堂东。
身无彩凤双飞翼，心有灵犀一点通。
隔座送钩春酒暖，分曹射覆蜡灯红。
嗟余听鼓应官去，走马兰台类转蓬。

宴会上一片祥和景象，浩瀚的夜空中，闪烁着点点繁星，伴随着和煦的春风，醉人的花香在空气中弥漫。和煦的风就这样吹拂着，回首间，却蓦然想起昨夜在酒席之上，花楼之畔、桂堂东边与意中人相逢的一幕。

夜宴喧嚣，觥筹之间，一派欢乐的景象。宾客们都在玩着隔座送钩、分组射覆的游戏。此时的诗人虽然已经不胜酒力，但目光依旧离不开在最远处的那位风情万种的女子。她时不时投送来的目光是那样的饱含深情，让诗人不禁心神荡漾。

其实在诗人的心中，真正的爱情并不需要虚浮奢华，只要能与那个和自己心有灵犀的人在流转的四季中相约到老，便足矣。梁祝亦是这般，虽不能在凡世中长相思守，但在化蝶之后依旧能够比翼双飞，这或许也是另一种浪漫。

想到这里，他望着她那清澈的眼眸，恨不得此时身上长出如凤凰般的羽翼，好时时刻刻环绕在所爱之人的身边。但这不过只是幻想，又如何能够实现？既然不能朝朝暮暮地相守，便只求两

但曾相见便相知
——世间美好在唐诗

人之间能有心心相通的默契，那么就算是一个眼神、一个动作，也能传递内心最深处的情感。可世事无常，就算是这样平凡而又普通的愿望，对许多人来说也是一种奢望。

无奈，狂欢终究是一群人的孤单，而南朝的王籍更是早就道出了"蝉噪林愈静，鸟鸣山更幽"的真谛。饮宴越是热闹，诗人便越是不舍这难得的欢愉；越是贪欢，诗人不得不在更鼓报晓前离开的遗憾便越浓。一想到天亮还要去衙门当差，诗人就更加悲哀，四处飘零、居无定所的差事就像近来蓬草般的人生际遇那样令人叹息。

他想，或许在他离开之际，便是梦醒之时。此前两人彼此间眷念的喜悦之情完全被离别的感伤取代，越是灵犀相通，惜别之情越浓。缠绵真切的情感，流动华丽的语句常常让我们的心陶醉在那个花楼之畔的晚上，久久不能自拔。沉醉之余，不免引发一些疑问：诗人在此表达出的是何种情感呢？是单单对心意相通女子的怀念，还是对自己沉沦身世、功业未成的叹息，抑或是两者兼而有之？

作家王蒙曾说过，李商隐之所以为商隐，他最独特的创造与贡献，就在于他的这些为数并非很多的意境迷离，构思微妙，寄寓深邃的七律"无题"诗。

至于"无题"之所以为"无题"，并不是因为它是诗人随便写出的杂乱心情，而是因为其中之意不可明言，所以才以"无题"二字寄托深意。

李商隐的最大成就尽在于这些无题诗中，在他那漂泊的一生中，似乎只有那些醇美如酒的诗句穿越了时光，带着微黄的颜色，

84

泛在纸上，给世人留下无数的唏嘘和感叹。许多人不喜欢李商隐的诗，因为其中有太多晦涩难懂的感情。其实他的这些"无题诗"和爱情本身一样，只要用一颗细腻的心去揣摩和感受，就能感受到其中的妙处。再隐晦难懂的情感，总会留下些蛛丝马迹，我们尽可顺着这些思路追寻李商隐的心路历程。据说这是李商隐为内宫里一位叫宋华阳的宫女所写的情诗。宋华阳是伺候公主的宫女，随其主一起入道观修行，却在此偶遇李商隐，彼此间互生情愫。

最美好的爱情莫过于有情人终成眷属，但是爱情就如入佛参禅一般，需要经过重重烈火的考验，不是所有的爱情都能如涅槃的凤凰，修成正果。李商隐的这段爱情，有个诗意的开端，却没有一个诗意的结尾。这段爱情最终因不为世俗礼教所容而结束，这也成了李商隐心中久不能忘的伤痛。为了祭奠这无果而终的爱情，李商隐才写下了几首题为"无题"的爱情诗。

世人无法知晓这样的故事到底是真是假，但是愿意相信他是因为经历过这样刻骨铭心、相爱而不能爱的感情才写下这缠绵悱恻、感人至深的诗篇。

或许曾经真的有那样一个星辰漫天的夜晚，他与她并肩而坐，在那春日的欢宴之上饮酒射覆，幻想着有一天能够化为灵犀相通的彩凤，日夜厮守，永不分离。那夜的情景是如此美好，以至于在它的印迹早已被时光抚平，再也寻觅不到的时候，诗人仍时时回味，把心永远安放在那个时刻。

情自无题，心有灵犀……

李商隐

三两情书，一世情长

执笔凝思，千般斟酌。缓缓落墨，万般心思一点点铺在纸上。最后，细细折好寄出，将忐忑与期待留给自己。这便是情书。情书是爱情的信物。其实，世界上任何一封情书，都是因情而生，是爱的佐证。只是有时候，因为爱的初浅与深沉、矜持与放纵、炙热与冷艳，令情书显示出迥然的差异。

卡夫卡的情书，里尔克的《三诗人书简》等堪称世界情书史上的典范。而鲁迅与许广平的《两地书》，沈从文与张兆和的《从文家书》，王小波与李银河的《爱你就像爱生命》也是中国现代情书史上的佳作。

可能是职业的原因，这些作家的情书，读来不但有时代特色，也有很明显的个人风格，落笔虽从容洒脱，但同样可以读出字里行间的真情。所以，著名学者李辉曾这样评价情书，"虽然是私人间的交流，但它都流露一个'情'字，有了情就有了文学性"。

而中国古代的情书，大致可分为两类，其一是柳永、秦少游等风流才子，在寻欢作乐后写给青楼歌妓们的宋词，是风花雪月逢场作戏。另一种便是唐代著名诗人们写给妻子的情书，这其中最著名的当数李商隐的《夜雨寄北》：

君问归期未有期，巴山夜雨涨秋池。
何当共剪西窗烛，却话巴山夜雨时。

这首诗是李商隐爱情诗的代表作之一，据传作者当时因为秋雨，滞留在荆巴一带，妻子从远方家中寄来信问他的归期，他便作了这首诗来回答，并寄相思之情。

妻子来信问什么时候可以回家，诗人却不能断定何时可以启程。因为夜间的巴山正下着倾盆大雨，以致池水都已涨满。在这样风雨交加的夜晚，诗人看着远方寄来的信，心中早已溢满对妻子的思念，想起往日在家中时和妻子情意浓浓的情形，一时感慨万千。要是此时与妻子团聚，在西屋的窗下彻夜长聊，两人携手剪掉蜡烛结出的蕊花，那该是多么幸福的事情啊。

有人说，写给爱人的情书，像是温暖而悠长的春天，日光和煦，尘世温柔。每一次打开或者是默读，都会感到身旁繁花盛开，暗香浮动。它无须用典故，无须用比兴，更无须华丽的辞藻，只要直写其景，直抒其情，温情便像潮水般一波波漫过心房，让独自一人的夜，不再那么凄凉。

李商隐这封写给内人的信正是如此，它正如这巴山夜雨般，字字滴进了妻子的心海；也如那永不暗淡、永不低沉的星辰一般，悬挂在了每一个幽暗的夜幕中。

这封小情书，简简单单，朴素平实，是一首信手拈来的即兴之作，但却道尽了相思。那一天，蜀地萧索，秋雨绵绵，落叶纷飞，李商隐朝妻子的方向极目远望，望断天涯，伊人总不见。淅淅沥沥的雨，没有要停的意思，屋檐上滴滴答答的雨声，一点一点敲着敏感的神经，或许又是一夜不能眠吧。

重新点上油灯，翻出案几边的几张泛黄的宣纸，磨一磨风干的墨，脑中便开始上演从前的一幕幕场景。宁静的夜中，他恍惚中听见妻子在问，何时君归来，何时君归来。巴山的雨啊，如此多情，涨满了门前不远处的池塘。巴山的夜啊，也如此凄清，漫漫无边，包容不下一颗伤透的心。想确定归期，奈何身不由己，他的命运不在他的手中。

罢了罢了，还是重温一下寥寥无几的家书吧。每一字都已背了下来，却忍不住要一遍遍翻看，仿佛看到歪歪扭扭却饱含情意的字，就触到了妻子的手，抚摸到了妻子的脸颊。回忆往昔，也幻想着未来：何时能再回曾经的院落，何时能与佳人团聚。情愫绵延不尽，夜夜在烛光下，共叙情怀，共诉相思。巴山夜雨的点点滴滴，独守闺房的痴痴念念，尽消磨在二人的柔情里。

轻轻吟诵这首小情诗，诗起处如把酒话桑麻，落尾时是呼唤与希冀。无论哪句，都是浓得化不开的温情。初读时，温馨相伴，细品才能见识到作者妙不可言的笔下功夫。它几乎一步一换景，将复杂的时空转换凝结在了短短四句中。从空间而言，一西窗一巴山，虚实相生，循环往复，二人虽分隔两地，情思却相融无间。无怪乎桂馥在《札朴》卷六中说："眼前景反作后日怀想，此意更深。"

"海上生明月，天涯共此时。情人怨遥夜，竟夕起相思。"这不正是这封情书的注脚吗？情人们身处异地，仍能望见同一轮明月，在望月时何尝不想念远方的爱人。正是因为这层缘故，情人的夜晚，总是格外漫长。如若知道远方伊人和自己的脉搏跳动是一样的频率，也会感到无比幸运且幸福吧。

相思总有一种奇妙的颜色，旁人不懂，只有有情人看得清。

李商隐　情自无题，心有灵犀……

相思本是无凭语

　　读李商隐的情诗，我们常常为他那浓烈的情感而感动：他恋爱了，爱得死去活来，天地为之惊，鬼神为之泣；他相思了，思念得魂牵梦绕，对方的一举一动都时时刻刻牵动着他的心。他的爱就如真国色的牡丹，开花时节倾国倾城。

　　如此浓烈的爱加上花前月下、山盟海誓本是顺理成章的事情，可惜没有。我们只欣赏到了牡丹的绚烂，后续情节却一无所知。此时我们难免会心生妒意和疑虑：到底是怎样的女子，让他这般痴迷？这份爱煎熬着他，令他不得不提笔写下自己炙热的爱情，可女主人公却像个谜一样，无法对号入座。

　　一首《无题》，我们猜不到谜底，可那又如何，此间流露的深情，仿佛一曲琴音，萦绕在字里行间。

相见时难别亦难，东风无力百花残。
春蚕到死丝方尽，蜡炬成灰泪始干。
晓镜但愁云鬓改，夜吟应觉月光寒。
蓬莱此去无多路，青鸟殷勤为探看。

　　李商隐总是把爱情写得这样不容易。无论相聚，别离，都是如此的不易，就如春日艳丽的花，须经过漫长的严冬才可以在春天绽放。因见面如此不易，所以每一次见面后的分别也更加的难舍。曾经给百花带来生机的东风，现在却没有能力使它们保持鲜艳，怎能不叫人叹息。

　　聪明如黛玉者也曾叹道："明年花开知有谁。"今年的花期两人可以共赏，明年的花期还可一如既往吗？还是错过了多少个花期之后，二人才可重逢？抑或深深的思念会在时间的摧残中暗自凋谢？前路茫茫，或许再次相见又是一个十年；或许一转身，就是天涯永别。爱情在时间面前常常不堪一击，徒留无限叹惋。

　　可爱情即便如此脆弱，世间又有多少痴情人如飞蛾扑火般，选择在离别后苦苦等待？或许，这正是爱情的伟大之处吧？

　　从前的市井烟火，人间情味，在对方转身的那一刻，就已经变成了迟暮的春天。岁月给人留下的，只是淘不尽的伤感和思念。

别后的思念总是让时间变得如此难挨；伊人清晨起床梳妆，满面愁容，云鬓散乱。女为悦己者容，心中所思之人不在，当然也就无心打理了。思虑过度，整日整日的无心睡眠让她面容憔悴，如云青丝中也夹杂了几根白发。相思令人老，岁月忽已晚，转眼一天又过去了，可生活还得在孤独中度过。容颜的老去令她更加难过：青春流逝、年华不再，远方的恋人是不是依然爱着自己呢？

辗转难眠索性披衣步入中庭，一轮圆月洒下清辉，她感到阵阵寒意，不禁把衣服扯了扯：那身在远方的恋人恐怕此时同样愁深难遣，只能在寒冷的月光下通过吟诵来排遣一点哀痛之意吧。

一时间忧虑、担心、失望、渺茫涌上心头，思虑良久，希冀占据了她的心：希望青鸟，这个西王母的信使，能将自己的绵绵情思传递给远方的恋人。人间既然不能相见，唯有把愿望寄托在蓬莱仙山以待重逢。但是她又开始担忧起来，蓬莱路途遥远，何时才可以相见呢？

李商隐停了笔，可是绵绵的情感像钉子，将人钉在那词句间动弹不得，于是心肠便随着那诗中姑娘的情思一起百转千回。

此情可待，所有真挚的爱最后都只能化为一段愁绪，因为生离，也因为死别。但是，无论何时何地，如果爱人珍藏心中，那么花团锦簇、美女如云也会初衷不改，因为心头的那一个才是最好的。

渐渐地，读出了李商隐的苦来。他也许已经将她的名字念了千万遍，却不可以将之大方地写出来：因为身份差异、因为地位有别、因为婚姻不许。那么浓烈的爱，那个令他心漏掉一拍的女子难道就这样消逝在历史的烟河中，没有留下任何痕迹？他不甘心，于是他吞吞吐吐、含含糊糊地诉起了衷肠，将这份隐蔽的爱昭告天下。

或许有人会说，如此模糊的诗义是李商隐诗歌的缺陷，影响了我们对他的解读。但实际上，这却恰恰体现了爱情的隐秘。两个人的爱情常常是秘而不宣的，只可意会不能言传。眉目传情，秋波流转，别人看不到的情意，恋爱中的人却可以独得其味，这就是所谓的心有灵犀吧。

李商隐所信奉的含蓄蕴藉的爱情观，并未因他个体的消亡而结束，相反，它穿过历史的风尘，在千百年后仍然熠熠生辉。金岳霖就是其中的代表，相传他在林徽因辞世后曾送上一副挽联，上书"一身诗意千寻瀑，万古人间四月天"。

金岳霖一生一世深爱着林徽因，可上天并未被这份痴情打动：林徽因另嫁了他人。可这丝毫没破坏她在金岳霖心中的形象，"她永远如春天般美好、娇艳，是美的天使、爱的精灵"。对他来说，这份爱情是不可替代的，因此他选择了独守一身。他对她的爱是深沉含蓄的，虽然他从未高喊"我爱你"，却以自己的选择向世界、未来和心上人证明了自己无尽的爱。在林徽因的身上，沧海碧波永远朗月高悬，巫山云雨永远晴空如洗。这份爱，就是万古常存的爱意，人间多情的四月。

情自无题，心有灵犀……

李商隐

93

但曾相见便相知
——世间美好在唐诗

研相思入墨,将眷念轻描

　　不得不承认,"暧昧"这个词本身就散发着天然的诱惑之光,在不经意间就虏获了人性中好奇的一面。正因如此,李商隐那些对自己私生活意有所指却又雾霭朦胧的诗作千百年来魅惑不减,成为人们津津乐道的,瑰丽而浪漫的谜题。

　　李商隐,这个书写爱情的高手,往往不直接着笔描画当下的欢愉或是心碎,他总是顾左右而言他,飘摇的笔调像是魔术师在光影绚烂的舞台上玩尽高超的戏法,轻而易举地将目眩神迷的观众引入时光的隧道,引入某一段吊诡的过往。读李商隐的朦胧诗,就像是在霓虹灯影里漫步,不知不觉便会一头扎进其中,步入诗人早已设下的迷局,心甘情愿地沉醉、不知归路,如这首《锦瑟》:

锦瑟无端五十弦，一弦一柱思华年。
庄生①晓梦迷蝴蝶，望帝②春心托杜鹃。
沧海月明珠有泪③，蓝田日暖玉生烟。
此情可待成追忆，只是当时已惘然。

　　《汉书·郊祀志》记载："泰帝使素女鼓五十弦瑟，悲，帝禁不止，故破为二十五弦"，不曾想"五十弦"之"锦瑟"比之琴、筝，更是附着深情悲切的情绪。

　　"锦瑟无端五十弦，一弦一柱思华年。"填满了李商隐深深的埋怨，悲切由此而生。弦无法数清，但每一弦、每一柱的抚弄都会引起诗人对往事的回忆。听着锦瑟的繁复琴音，不禁怅然往昔"华年"已逝，心中的思忆却不可言说。贺铸在《青玉案》中云："锦瑟年华谁与度？月桥花院，琐窗朱户，只有春知处。"原来相思，是这般相通。

　　《庄子》中有一典故：说庄周忘却自身，在梦中幻化为蝶，仙然飞舞；倏忽梦醒，庄周仍是庄周，而蝴蝶却不知去向。庄周梦蝶，不知蝶是庄周，还是庄周是蝶。锦瑟一曲惊醒梦境，不堪再入梦，而那蝴蝶如同过往年华已然逝去。

　　望帝死后化作杜鹃，生生把嗓子啼出鲜血以抒发心中的困苦和疑惑。他暮春啼哭，至口中流血，其声哀怨凄悲，宛如这锦瑟

繁弦，声声哭诉难言的怨愤和终生的潦倒，何其孤独凄凉！对于李商隐来说，往事难以回首，少年意气风发，却不幸涉入晚唐的党争旋涡中举步维艰。有才情志气却无处纾解，竟致终生潦倒，而挚爱的妻子也早逝于当年。

沧海中的珍珠只有在月明星疏之夜，才能流下晶莹涕泪；蓝田里的美玉只有在旭日回暖之时，才会飘生如梦烟霞。月满之日即是珍珠珠圆的时候，然而茫茫沧海的珍珠即使月圆也珠珠带泪；蓝田产玉，但美玉却处在烟霭袅袅中无人赏识。

物犹如此，人当如是。唐代钱起于《归雁》云："二十五弦弹夜月，不胜清怨却飞来。""沧海月明珠有泪，蓝田日暖玉生烟"这样晦涩的诗句，不正是诗人清怨的挥洒吗？

庄生迷梦，理想转眼成空；望帝啼鹃，生活化为悲鸣；明珠有泪，泣血而成；良玉生烟，可望而不可即。四句诗，四个典故，四种意象，每一种都悲苦无限。在锦瑟一音一节的弹奏中，李商隐似乎也看到了曾经逝去的流年。

尽管自己以一颗浸满血泪的真诚之心，去追求美好的人生理想，但如玉的岁月、如珠的年华却等闲而过：恋人生离、爱妻死别、盛年已逝、抱负难展、功业未建，幡然醒悟之日却已风光不再。寥寥数语中，含情婉曲，表达出诗人内心的愁苦失落。"此情可待成追忆，只是当时已惘然"，如此情怀，今朝追忆，又若何呢？

那些曾经欢乐与共的时光，如心头烈焰般难以熄灭；并常常在某个日子里不断涌起。或许因为年少轻狂，或许因为情深缘浅，总之是错过了、失去了，但却没能真的忘记。如窗前的一束月光，心口的一粒朱砂，令人深深铭记，不愿抹去。

所以,《东邪西毒》中的欧阳锋曾说:"当你不能再拥有的时候,你唯一能做的,就是让自己不要忘记。"李商隐做到了。他细数自己的生活、理想和爱情,并追忆那些流年似水的日子,那些"当时只道是寻常"的时光。

此诗主旨历来为后人揣度,诗题"锦瑟"也是众说纷纭。正如元好问在《论诗绝句三十首》中曾说此诗是"一篇锦瑟解人难"。周汝昌先生认为以"锦瑟"开端,实际上暗示了"无题"之意。其实,李商隐的爱情诗通常都晦涩,只是知道他爱着,并深深地爱着,却从来看不到女主角的身影。

后人只能列举种种臆测中的一番可能,甚至到了最后还是忍不住反问,这会不会只是一个**迷离**的梦境?但不管怎样理解,人们都能读出一种无处释放的愁绪。且诗的主旨我们无法准确捉住又有什么关系呢?它是感伤身世之作也好,睹物思人也罢,只要我们能从中读到美感即可,有时若即若离之处才最动人。钱钟书先生曾有一句名言:"假如你吃了鸡蛋,觉得好吃就行了。何必要看生蛋的鸡是什么样子?"

本来无一物,何处惹尘埃。滚滚红尘和种种烦恼皆由心生,然而这也许就是多情善感之人西西弗斯式的宿命。李商隐若是泉下有知,不知道会不会站在谜题之外,嘲笑诸君仍然于梦境的"当时"跌跌撞撞,步履蹒跚。

[注释]
①庄生:庄周。②帝:相传蜀帝杜宇,号望帝,死后灵魂化为子规,即杜鹃鸟。
③有泪:传说南海外有鲛人,流出的泪会化成珍珠。

情自无题,心有灵犀·
李商隐

无字离愁，无言离情：

王昌龄

浮光轻掠，至今犹恨轻离别

"春日宴，绿酒一杯歌一遍。再拜陈三愿：一愿郎君千岁，二愿妾身常健，三愿如同梁上燕，岁岁长相见。"这是五代词人冯延巳的《长命女》。词中的女子初为君妇，于这春日宴上，百花丛中，眼波含情，唇边带笑，轻举酒杯对君发下这一生的愿。

女人的一生也不过就这简简单单的三重愿而已，但如愿以偿却如此不易。长相守对古时的妇女更是极其艰难，从古时那么多的闺怨之词中就可窥得其中一二。

她们穷极一生也难有踏出闺阁罗帏之时，在那么小的天地中，只有日日夜夜企盼一个时时眷顾、时时疼惜的良人。良人者，所仰望而终身也。她们只是想寻得一心人，仰视他的面容，眺望他的背影，唯愿终身相携，不离不弃。

这就是女人的痴，终其一生也逃不脱的劫。这个世界是男人的，他们手握整个世界的生杀大权，也就意味着他们的内心永远有着对外面世界的蠢蠢欲动，又怎会被一张情网轻易网住脚步？这世间从此多了无数女子自闺阁中传出的悲声。

看王昌龄的《闺怨》不过短短一首七绝，却写尽愁之深，怨之重。

闺中少妇不知愁，春日凝妆上翠楼。

忽见陌头杨柳色，悔教夫婿觅封侯。

盛唐时代国力强盛，社会上流行尚武风气，许多人幻想着马上取功名，万里觅封侯，从此改变自己的命运。少妇见此也十分支持丈夫远征塞外，载誉归来。

初为人妇的她，犹自天真，不知离愁别绪，平静地生活在闺阁中等待丈夫。这日，见春光大好，她就细心打扮，独自登上翠楼，远望见那陌头之上柳色青青，一片大好颜色，她的内心竟无端起了悲伤。

四目远眺，柳色萋萋惹人眼；前年今日，我刚与君喜结连理；去年今日，折柳送别如雁各自纷飞；今日何日，相隔千里见面无期。

如若此时，郎君陪伴左右，一起携手饱览满园春色，何其幸福！与男女之情相比，升官发财事竟是如此的微不足道。唉，当时劝君功名为重，现在看来是多么愚蠢！

转眼又是一年好时光，却无人欣赏。难道今后也要这样独自看着自己生命中的青春流逝吗？曾经以为，自己把全部的爱、最好的爱都给了他，洋洋洒洒，是多么的厚重。而在他看来却也不过尔尔，难以瞩目，不及封官戴爵给他带去的荣耀。自己一直懂他的心思，所以也成全他的野心，放手让他去遥远的边关建功立业。只是当时没想到，有一天自己会思念得这么痛。

可悲的是，在那个朝代，"同是天涯思夫人"的又何止她一个。沈如筠也在一首《闺怨》诗中表达了类似的情感。

雁尽书难寄，愁多梦不成。
愿随孤月影，流照伏波营。

不过短短二十字的小诗，却可以清晰地感觉到：在一个明月何皎皎的夜晚，沈如筠独自一人坐在空闺之中对着月亮，想到她那戍守南疆的丈夫，心中盼着能剪一段缓缓流淌的月光，连同她的深切思念寄去他的方向。可是，在这样凄清的夜，大雁都回到自己的故乡去了，这就是人们所说的"断鸿过尽，传书无人"吧。

想到此，她的心中更添愁绪。

然而她转念一想，张若虚不是说过"此时相望不相闻，愿逐月华流照君"吗？那么，她是不是也可以随着那轮月亮的清辉，将自己的思念洒泻到"伏波营"中的丈夫身上？

他们隔着万里之遥，思念难行，然而只有明月能够跨越时空的阻隔，让人们千里与共。千年以来，这亘古不变的月亮为古今中外的思人们行了多少方便，解了多少愁怨。

在命运的推动下，我们都会遇到很多人，爱上很多人，但是有些人不过是你的一个喷嚏，而有些人却注定是你生命中的癌症，无论你怎么做，都逃不脱这病症所带来的痛和末路。

在古代，丈夫就是闺阁女子生命中的癌症，是她们唯一的希望，所以她们把自己的一切都寄托在丈夫身上。

若不是唐诗中有这样一类诗，丈夫远征、妻子苦等，似乎人们都不会想起有那样一群女子，她们为了丈夫谋得一官半职而将自己大好青春囚禁在闺阁中，亲手将丈夫送走而后独自等待。有多少征人戍守边地，就有多少良人在家中等待其归来。

若非十分珍贵，这世上恐怕没有东西能让女子愿用自己的青春来交换。

岁岁年年，任时光老去。这些春闺里的女子究竟有多勇敢，才会甘愿一个人去等待。那些以等待为代价换回的日子，也许比等待本身更加难以面对。这样的女子，在爱情里定有她们自己的坚持和勇气，褪去华丽的词句，她们的心灵单纯而美好。

这是这些闺阁女子的勇敢，也是她们的悲哀！

封建王朝的女子们，在男人主宰的世界里，嫁一个好男人便

无字离愁，无言离情：

王昌龄

是她们最大的荣耀，丈夫富贵便是她们的富贵，丈夫的生命便是她们的生命。她们无欲无求，只盼望自己的夫婿能当官，自己连同儿女的一生也便衣食无忧了。这不能怪她们不独立，三从四德的条框早已将她们的身心都钉在了闺阁之中，从此，丈夫的理想便成为她们的理想了。

幸好，这些女子的思绪被懂得征人苦和闺妇痛的王昌龄看在眼里。他知道这样的女子们纵有万般无奈也不会向人诉说。所以，他决定替闺妇代笔，写下她们心中深藏的痛。

谁的等待，恰逢花开

　　唐朝是"功名只向马上取"的年代，投笔从戎，将家国安危系于己身；听鼓角争鸣，望烽烟边城，黄沙漫天的古道，闪烁着刀光剑影。策马扬鞭，一骑绝尘，青春的渴慕都是战死沙场，报答家国双重恩。

　　"出身仕汉羽林郎，初随骠骑战渔阳。孰知不向边庭苦，纵死犹闻侠骨香。"其实谁不知道远赴边疆既辛苦又危险呢？但是保家卫国是每一个男人责无旁贷的使命，纵然战死疆场，留下一堆白骨，也同样飘着淡淡的清香。

　　这是王维的梦想，也是当年所有长安少年的渴望。

　　可是这铮铮侠骨却是以漫长的等待为代价的。有多少征人戍

守边地，就有多少良人在家中等待其归来。

若不是唐诗中有这样一类诗，丈夫远征、妻子苦等，似乎人们都不会想起有这样一群痴女子。在唐代，王昌龄是颇受女子欢迎的诗人，不是因为他风流倜傥，而是他的诗直指闺阁中女子内心的最深处，比如王昌龄的这两首《青楼曲》。

白马金鞍从武皇，旌旗十万宿长杨①。
楼头少妇鸣筝坐，遥见飞尘入建章②。

驰道杨花满御沟，红妆缦绾上青楼。
金章紫绶千余骑，夫婿朝回初拜侯。

盛唐时期国力强盛，国都长安街道呈现一派和谐祥瑞的景象。白马金鞍上，一位将领昂头端坐，威风凛凛，十万大军军旗连成一串，浩浩荡荡地归来。他们在长安大道上前进，渐行渐远，到后来就只见马后扬起的一线飞尘。这场胜利来之不易，连皇帝都欣喜万分，迫不及待地出城相迎。

然而这样盛大的场面并没有引起太大的惊动。当时的唐朝国力强盛，边境战事屡传捷报，大军凯旋对于平常百姓来说已经司空见惯。因此长安大道旁边的一角青楼上，少妇仍然静坐鸣筝，悠扬的乐曲并没有因窗外的景象而纷乱，她只是静静地看着军队渐行渐远，路上飞扬的尘土飞入建章宫。

可是少妇真的不为所动吗？显然不是。她精心打扮地登楼抚琴，并且从千军万马进城后她的视线就一直就没离开过他们。要不然怎么看到随着千军万马一骑绝尘而去，道路两旁的杨花都被吹散到了御沟中这一景象呢？

这少妇跟马上将军有什么关系，为什么如此关注他的行动呢？因为她的丈夫也在凯旋大军之中，并且建功而归，他手下的众多将士都受到了封赏，他本人也被封赏。表面上她不为所动，其实内心充满了欣喜之情。

比起那些同样在闺阁等待却始终不见良人归来的女子，她是何其幸运！虽然十分难得，她却等到了。

世界上最折磨人的事情之一莫过于等待。思君令人老，岁月忽已晚，渐渐地等待成了一种习惯，对方音信全无，女子承受着时间的细碎折磨，这样的漫长的等待仿佛没有尽头，每一分每一秒都浸透着苦楚。然而，这等待的时光有时又如白驹过隙，仿佛只过了一晚，窗外的春花就已凋零，一同老去的还有女子的青春容颜。

"我等了你很久，从傍晚就在窗口张望，每一次脚步都像踏在我的神经上，让我变成风中的树叶，一片一片地在空气的颤抖中瑟瑟发抖。我想你会来吃晚饭，就是不来吃晚饭，晚饭过后也会来；就是晚饭过后不来，你在酒吧和朋友喝过酒，聊过天，和陌生女孩儿调过情之后也会来看我。我就一直等着，等着，等着，我知道你一定会来……"

王昌龄　无字离愁，无言离情：

107

话剧《恋爱的犀牛》可以算是这些闺阁少妇等待征人归来的现代版演绎。她们就这样无望地等着征人的归来，毫无怨言，只是一味在原地傻傻地等着、念着。她们有着坚韧的信念，如果时间将他带走，她也会选择等待。我们在无限感慨时，也只得叹一声："痴！"

高适在写征人与亲人分离时曾经说："铁衣远戍辛勤久，玉箸应啼别离后。少妇城南欲断肠，征人蓟北空回首。"而李白在诗中也说："戍客望边色，思归多苦颜。高楼当此夜，叹息未应闲。"这两首诗，风格不一，体裁不一，却都有一个同样的主题：等待。

等待是一种望眼欲穿的折磨，在翻云覆雨的时间颠簸与飘荡时，依然可以为了某些卑微的坚守而感到幸运，仿佛是一种伟岸的悲壮。然而，长久的等待，却得不到幸运的安慰，剩下的往往是悲凉。恰如张爱玲所说，"悲壮是一种完成，而苍凉则是一种启示。"痴痴的等待若是没了一丝回应，曾经许好的白头之约只有一人践诺，岂不让人心生悲凉？

守得云开见月明，虽是十分难得，但也可以慰藉少妇那颗长久等待、支离破碎的心吧。

【注释】

①长杨：是汉时皇家西苑，用于射猎、校武。②建章：即建章宫，在西汉都城长安的近郊，汉武帝时期建造。

三千悲词满六宫：张祜

双泪君前落，知者谁

唐人张祜的诗作多为宫怨之作，其作品中充斥了对身份卑微宫女的同情与呐喊。与同时代的诗人相比，他所吟之物微不足道，但是他的情怀却大过天地。

故国三千里，深宫二十年。

一声《何满子》，双泪落君前。

在此首《宫词》中，张祜纪念的是一位宫女。据《全唐诗话》记载，唐武宗时，宫里有一孟才人，因有感于武宗让其殉情之意，为奄奄一息的武宗唱了一曲《何满子》，唱毕，这位孟才人竟气绝身亡。

一首歌，竟有如此惊世骇俗的力量，能够穿越人的生死，也难怪它也被称为《断肠词》。所谓吟者断肠，或许是因为它引起了至精至诚的共鸣，就像电影《布达佩斯之恋》中那首闻名世界的钢琴曲《黑色星期天》一样。这首曲子中的音符中充斥着浓到化不开的忧郁，如泣如诉地像在讲述一个哀伤的故事，听过的人便沉陷在痛苦的回忆里无法自拔。而在《宫词》里，张祜拈来一个"三千里"，一个"二十年"，便牵起了满纸惆怅。宫人年轻时就从千里之外的家乡被选入宫禁，至今在深宫中已有数十年了。每当她唱一声悲歌《何满子》时，就不觉掉下眼泪。一声悲歌，双泪齐落，这位宫人在唱歌的时候，眼前浮现的应该是遥不可及的故乡，心里想的应该是家中两鬓斑白的老父母吧。

她的歌，是强颜欢歌，是有声的悲痛；她的泪，是笑中含泪，是无言的倾诉。没有人会在意她脸上被岁月侵蚀的痕迹，也没有人会懂得她那颗无处安放的寂寞芳心。只有歌儿伴着她，唯有思念守着她。

短短的五言绝句，撩开了深宫中冷酷残忍的阴暗面，刺痛了统治者麻木不仁的神经，张祜也因此成为后宫无数冤魂的知音。只是，这位满腹才华的"海内名士"在现实中却鲜有知己，除了杜牧。

有人说："张生故国三千里，知者唯应杜紫薇。"杜牧是张

张祜

三千悲词满六宫

祜真正的知己，他因无人赏识张祜的诗才，无人荐举张祜为仕而愤愤不平，对张祜只能在梦里登"北极楼台"；望"西江波浪"而心生怜悯；为"故国三千里"虽人人在唱，却对张祜毫无效益而感叹无奈，正所谓"可怜故国三千里，虚唱歌词满六宫。"在中唐诗人中，张祜虽算不上大家，但也不失为名家。张祜诗作甚多，他的为人就和他的诗一样，志高气逸，行止烂漫，纵情声色，任侠尚义。杜牧云："谁人得似张公子，千首诗轻万户侯。"张祜喜谈兵剑，心存报国之志，希望步入政坛，一展抱负，却因性情孤傲，狂妄清高，不肯趋炎附势，不擅人际交往而屡屡沦为下僚。尽管《何满子》一出，张祜一夜成名，但张祜却并没有因此进仕，反而给自己带来了一场无妄之灾。

当时，长安城内许多文人雅士都十分欣赏这首《何满子》，令狐楚拿着这首《何满子》以及张祜其他的一些诗歌，进献给了唐宪宗，加以推荐。唐宪宗看过后，也觉得不错，便问当时的宰相元稹意下如何。元稹因早些时候和张祜有些矛盾，他便借此机会落井下石，对唐宪宗说张祜这人，其实并无多少才学，不过是会写一些淫词艳曲，他的诗作实在是有伤风化，此人不值得朝廷重用。

唐宪宗很信任元稹，听他这样一说，便打消了起用张祜的念头。不甘心的张祜后来又找到了白居易，希望白居易能够在皇帝面前为自己说几句公道话。可他料不到，白居易与元稹乃是朋党，他自然是不肯帮张祜的。受此打击之后，张祜便看破仕途，打定主意，一生不仕，浪迹天涯，纵情山水。

此时唐朝已经是由盛转衰，四处游走的张祜本就是一个心怀抱负、胸怀天下的人，他岂能看不到这世间沧桑的变化。仕途上的无所作为，官场小人的排挤打压，以及人间百姓的生活疾苦，都成为他后半生创作的主题基调。

中唐日益衰败的世风逐渐消耗了诗人们笔锋的锐意，他们的诗歌从江山社稷转到舞榭歌台、男女之情，宫词就在这样的背景下凸显出来。宫怨题材在宫词中经久不衰，张祜也以宫怨诗闻名于世。可他并非心无家国、只知玩乐的浪荡文人，而是在自己的诗作之中，宣泄心中对唐之衰世的痛心疾首，对唐之盛世的无限向往。

尽管是隐于山野，但张祜的心中却是始终牵挂着天下的。他的《何满子》在宫人之中，成为传唱的经典。开篇提到的那位孟才人，因为吟唱《何满子》，悲愤断肠而死，这件事情传到了张祜的耳朵里，他大为悲痛，故专门为此作了一首《孟才人叹》：

偶因歌态咏娇嚬，传唱宫中十二春。

却为一声何满子，下泉须吊旧才人。

几十年前的诗作，依然还能成为宫人们寄托心思的媒介，而此时的张祜已远在天涯。他离开都市之后，便一直隐居，直到终老。

唐宣宗大中六年，张祜卒。他用自己的诗歌，生动地诠释了断肠人在天涯。

三千悲词满六宫·
张祜

113

无价宝易得，有情郎难觅：

鱼玄机

谁的等待，误了花期

晚唐时期，才子李亿入京为官，而鱼玄机在京城十分有名，是个人人称道的才女，与当时社会上有名的诗人都有不错的交情。后来，在温庭筠的撮合之下，鱼玄机和李亿二人一见钟情。在一个繁花似锦的三月天，李亿以一乘花轿将盛装的鱼玄机，迎进了他为她在林亭置下的一幢精细别墅中。

林亭位于长安城西十余里，依山傍水，林木茂密，时时可闻鸟语，处处可见花开，是当时长安的富贵人家颇中意的别墅区。

在这里，李亿与鱼玄机日日相守，不管屋外尘世变迁，二人共度了一段浓情蜜意的美好时光。但是，李亿在江陵家中还有一个原配夫人裴氏。裴氏见丈夫离家去京多时，却一直没有音信，

就三天两头地来信催促李亿来接自己。无可奈何,李亿只好亲自东下将家中老小一起接入京城。

鱼玄机早已知道李亿有家眷,而接妻子来京也是情理中事,所以她没有多说什么,通情达理地送别了李郎,之后便写下这首《江陵愁望寄子安》。

枫叶千枝复万枝,江桥掩映暮帆迟。
忆君心似西江水,日夜东流无歇时。

江陵已是一片秋色,红枫生于江上,西风过时,满林萧萧之声,这些景色轻易地惹起人的愁思。枫叶丰茂,千枝复万枝,载不动深重的愁思。

在江边极目远眺,唯有一座孤零零的桥被枫林掩映,正如形单影只的自己。她很想极目远眺,奈何这繁茂的枫叶阻挡了视线,看不到桥上是否有诗人思念的人经过。眼看日已西垂,也不见那人的船归来。夜色将近,又一日的等待将要落空,暗淡的不仅是这天空,还有诗人焦灼的心。化用他们的媒人温庭筠的词正是:梳洗罢,独倚望江楼。过尽千帆皆不是,斜晖脉脉水悠悠。肠断白蘋洲。

她状似洒脱地送走了他。在他转身离去的刹那,她面上的一抹苦笑，和着泪，在心底泛开。他走了这么久，她以为对他的思念已经到了极致，不能再多一点，也不容许少一点。但是在这条再熟悉不过的江上，这个再平常不过的傍晚，虽然什么也没发生，世界都是原来的样子，她却因为想他而哭泣。这一次，他成功地让她知道，她还是可以更想他一点，如若江水永不停息，她的相思也永难休歇。

只是，在最后的最后，她多想告诉他一句：我的经年由你而始，我的相思为你而不绝。你记得回来就好。

诗有尽而情难绝，仿佛低沉的箫音，一曲终了，袅袅余音仍漂浮在水面上，如泣如诉，不绝如缕。正所谓"风飘摇而有远情，调悠扬而有远韵"，余味深长，也寄托了鱼玄机悠远连绵的思念。钟嵘在《诗品》中评价说"非真正有才情人，未能刻划得出"。确实，如若情感未达至深，又怎能将此诗描摹得这般感人。

梦境虽好，只可惜才子佳人的故事究竟不能个个都圆满，这才让那些稀有的坚贞爱情弥足珍贵。

女人如花，花期过后便凋零，鱼玄机也没能逃脱这惨淡的命运。用情深的人，总是在回忆中度过余生。鱼玄机对他仍一往情深，为他写下诸多情诗，在诗中缅怀从前的甜蜜时光。

饮冰食檗志无功，晋水壶关在梦中。
秦镜欲分愁堕鹊，舜琴将弄怨飞鸿。
井边桐叶鸣秋雨，窗下银灯暗晓风。

书信茫茫何处问，持竿尽日碧江空。

喝冰水，服黄檗，我也无怨。你家乡的水从我的梦中流过，水旁的壶关山能否知晓我的心意？破镜欲圆，无奈喜鹊不愿为我们搭桥；抚琴，鸿雁绕梁，却没有一只愿为我传书。秋雨拍打着井边的梧桐，清晨的风连窗边唯一的光亮也不愿放过。很想写信知晓你的消息，奈何心愿落空。

这是怎样深情的女子！可她的努力并未能画上完美句号。薛涛的《十离诗》曾让韦皋回心转意，可她不是薛涛，他也不是韦皋。她寄给他的诸多情诗，石沉大海般再没了音信，无论她怎样努力，终没能改变被始乱终弃的宿命。

"易求无价宝，难得有情人"，这句呐喊，这句痛诉，看似无情，实则包含着多少的深情与无奈！而后，她心里最后的热望也如那风中的蜡烛，一点点地熄灭。没有了情欲的陪伴，心如一潭死水，最终她守着一盏孤灯，在庵里挨过残生。

也许这世间很多的姻缘都是个错误，人们被等待磨得失去耐心了以后，常常会把过客错认为归人，从而误了自己的一生。

鱼玄机　无价宝易得，有情郎难觅：

若知缘浅，何必情深

　　熙熙攘攘的长安大街上人群涌动，所有的人似乎都在涌向长街尽头的刑场，只因在那里，马上要处决一位因杀人而获罪的女犯人——鱼玄机。

　　鱼玄机，初名鱼幼薇，咸通初嫁于李亿为妾，后被遗弃，进入咸宜观出家，改名鱼玄机。再后因打死婢女绿翘，被判死刑。她的生平不见正史，翻开古书，提到她之处，寥寥数笔而已。

　　可是，她的人生绝未因历史的忽略而黯淡下来，在长安城里，谁人不识她，这位"色既倾国，思乃入神"的女诗人。

　　刑场上血迹斑斑，有干涸已久的暗红，也有鲜艳如新的艳红，这些血痕重叠在一起，散发出一种浓重的死亡气息，让在场的所有人都心生惊悸。而她，一身粗布缁衣，青丝简单地挽成一个道姑髻，就那样静静地跪在刑台之上，傲然地像一株迎风而立的菊花。

剑子手手起刀落之际，她的眼中丝毫没有惧怕，有的只是对过往的留恋和怨恨。在这生与死交接的一瞬间，她似乎终于明白，她这一生之所以被宿孽纠缠，都只因为她心中有一段割舍不断的情愫，如果能有来世，她宁愿做一棵树、一枝花，心中无情，也就不会再有痛苦、再有羁绊。

十四年前的长安不似今日这般秋风肃然，有的只是满目的繁花灿烂，如同少女幼薇眼神中的微笑，是那样的明媚柔软。那一天的江畔弱柳扶风，年仅十二岁的她满脸笑意地对着自己身边的那个男子吟唱："翠色连荒岸，烟姿入远楼；影铺春水面，花落钓人头。根老藏鱼窟，枝底系客舟；萧萧风雨夜，惊梦复添愁。"那时的温庭筠虽已是诗名满天下的才子，但却深深地被她的才华所吸引，甘心收她为自己的弟子。

"娉娉袅袅十三馀，豆蔻梢头二月初"，在这个情窦初开的少女的眼中，温庭筠不仅是自己的老师和朋友，更是她一生最初邂逅的爱情。她对他的爱是热烈的，多少诗句中都弥漫着这种深情。

阶砌乱蛩鸣，庭柯烟露清。

月中邻乐响，楼上远山明。

珍簟凉风著，瑶琴寄恨生。

嵇君懒书札，底物慰秋情。

这首《遥寄飞卿》弥漫着一股半明半掩的哀愁，纠缠着欲止难止的情结。然而鱼玄机的眷恋之声却不见雁传回音，如那落入湖中的石头，连水泡也未寻得。

他并非不解风情，只是碍于年龄、相貌和师徒间不可跨越的伦理道德，从来不肯给她任何回应。温庭筠的淡漠让她心生苍凉，最初爱的男子无法牵手了，由此鱼玄机终于明白这世间还有一种感情叫作"一厢情愿"。

时光如流水，转眼间，到了该出嫁的年纪，机缘巧合下，她嫁给了李亿。李亿出生于江陵名门，论年纪、家世、才华与样貌都能与她相配，更重要的是，他对她是尊重和爱护的，无论走到哪里都能给她带来突如其来的甜蜜和幸福。他的柔情让鱼玄机渐渐走出了对温庭筠那近乎痴狂的迷恋。

可是她幸福的美梦还没做多久，便被硬生生地叫醒。身为妾室的她，只想与自己心爱的人平静地过完一生，但李亿的妻子又怎能容忍与别的女子分享自己的丈夫。幼薇入门后不久，李夫人就对她非打即骂，一心想把她赶出家门。她以为自己的隐忍能换来丈夫更多的爱，但没曾想得到的却是一次次的失望。

李亿仓皇失措地将她送入道观，丝毫不敢维护他们之间爱的尊严。就这样，他俩才子佳人的姻缘，始于一段唯美的爱情故事，终于一场平庸的家庭闹剧。

她来到了长安城外的咸宜观，开始独自一人在青灯古佛旁等待自己的爱情，这一等便是三年。在这三年的时光里，观中的人来了来，去了去，却始终未见李亿的身影。直到最后她才得知，李亿早已带着自己的家眷离开了长安。

李亿的无情令玄机痛不欲生，她倾尽所有去爱的两个男人都不肯对她的爱做出一点点回报，这对一个女子，尤其是像她这样痴心的女子来说无疑是致命的打击。"羞日遮罗袖，愁春懒起妆"，这是一个充满愁绪的午后，想起昨夜人静之时，她独自一人在枕上垂泪，就连庭院之中的花草也听到了她断肠的叹息。懒起之后的她根本无心再为自己梳妆，爱人早已弃自己而去，打扮得花容月貌又有何人欣赏？

前殿传来了隐隐约约的哭声，走到近处细看，原来是一位在佛前哭泣的女子。细问之下得知，她和玄机一样，也是被所爱的人抛弃。看着眼前的这位女子，玄机不禁感叹，这世间女子的命运何其相似！她慢慢踱步到自己的居所，写下了一首诗来劝慰这位女子，这便是传于后世的《赠邻女》。

羞日遮罗袖，愁春懒起妆。
易求无价宝，难得有心郎。
枕上潜垂泪，花间暗断肠。
自能窥宋玉，何必恨王昌？

鱼玄机 无价宝易得，有情郎难觅：

世人皆说无价之宝难求，可是比起在茫茫人海中寻找一位对自己有心的男子，却是要容易许多。鱼玄机这句不加修饰，毫无矫揉造作的呼唤，显出她的情深意切，有血有泪。这是怎样的一种决绝，寻不到至高无上的人间真爱，便对任何珍物不屑一顾。她以为可以在李亿的庇护下幸福地生活，却不料懦弱的李亿无法背负她如此沉重的人生。

"自能窥宋玉，何必恨王昌？"既然你我都有倾国倾城之貌，又何愁没有像宋玉这样的风流才子登门造访，何苦为了一个负心人夜夜垂泪，暗自断肠？此前小女子肝肠寸断的情思，缠绵悱恻的情意，顷刻间在残酷的现实面前荡然无存，只剩下大女人的自信洒脱，放浪形骸。

女人的一生，最重要的追求是爱情；而世间最难得到的，是那真正有情的人。玄机提笔写下这几句诗不仅是对那些痴情女子的劝诫，更是与自己过去的一种诀别。自此之后，她便开始放纵自己的人生，过上和以往截然不同的放荡生活，不久后便因为嫉妒而杀人被处死。那一年，她只有二十六岁。

多情自古空余恨，好梦由来最易醒。鱼玄机一生被情所误，从一位清纯可人的少年才女到一位委曲求全的豪门小妾，最终沦为痛苦绝望的放荡女子。她在爱情的折磨下一步步走向堕落的深渊，如同一颗划过天际的流星，虽只留下了刹那间的闪耀，却足以馨香千年。

红笺纸上撒花琼：薛涛

可叹一场红尘缘，终成空

　　唐代女诗人向来很讨人喜欢。她们如朵朵绽开的花，鲜艳、饱满，带着丰盈华丽的气度、孤傲不俗的才华，引得当时和后世的阵阵掌声；即便失宠，也能凭借自己的聪明才智，博得同情。毕竟，世界上美女很多，才女也不少，但能兼容美貌与才情的并不多，薛涛便是这样一个值得历史铭记的女子。

　　薛涛有着美丽的名字，有着曼妙的起始，却在岁月的跌宕中，曲曲折折，零落了无尽的忧伤。年年岁岁，她曾灿烂得动人心弦，可曾几何时，又凋零得一去无影踪。关于薛涛的记忆，除了诗歌，还是诗歌。她一生的命运都与诗歌有着逃不开的联系。薛涛自幼聪慧，八九岁就能吟诗，她因诗而成名，因诗而得到爱情，又因诗而死，一生都在诗情中书写着人生的画意。

　　历史有时候总有惊人的相似性。有些事情似乎是上天注定，李季兰六岁时的一句"经时未架却，思绪乱纵横"预言了她日后为情所困的生活，而薛涛少时的一句诗也已"一语成谶"。

　　据传，薛涛八九岁知音律，聪慧异常。薛父一天指着梧桐吟了句"庭除一古桐，耸干入云中"，要她续诗，薛涛听完，即刻接了句"枝迎南北鸟，叶送往来风。"这一句诗，让薛父喜忧交加，喜她才思敏捷，忧她日后可能会沦落为风尘女子。

　　后来，薛父死，她与母亲二人相依为命，十六岁时迫于生计，入了乐籍。

　　纵使每日强颜欢笑于众位寻花问柳的娼客之间，但她固守自己的底线，只卖艺，不卖身，她在等，在盼，一位真正懂她的男子。恰在此时，李程出现了，她平静的心如风吹莲叶般波动起来。一时间，两人出双入对，诗文唱和，数不清的浓情蜜意。

　　可幸福的时光总是短暂的，离别再苦，却终究还是逃不过。一首《送友人》字字泣泪，声声含情，它不仅送走了爱人李程，也送走了自己那颗欢愉的心，此后在薛涛的眼中，一山一水，一草一木都写满了相思。

　　水国蒹葭夜有霜，月寒山色共苍苍。
　　谁言千里自今夕，离梦杳如关塞长。

薛涛

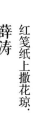

秋深了，天气渐渐转凉，她再一次徘徊在岸边。这里，她曾与他依依惜别，他也曾信誓旦旦地许下归期。而今时光荏苒，蒹葭已经十分的繁茂，晶莹的露水也早已凝结成霜。她望着河的另一边，那里就是爱人所在的地方，她很想顺着河流去找他，无奈路途遥远崎岖。站立时间过久，她出现了幻觉，一会儿觉得爱人仿佛就在对岸，一会儿觉得爱人正站在河中央的绿洲上向她招手。

夜色逐渐笼罩了整座山头。山上雪白的霜，与皎洁的月色遥相呼应，在月色的笼罩之下呈现出一片苍苍之景，这凄冷寂静令人凛然生寒。王昌龄的"山长不见秋城色，日暮蒹葭空水云"诗中所绘情境也大概如此吧！

谁说千里之隔是从今天开始的呢？薛涛的内心从"从此无心爱良夜"的凄苦中挣脱出来，无限深情和遗憾反而有了昂扬的语调。然而这难得的昂扬却再次落入了无尽的忧思中：爱人前去边塞之地，从此以后，除非梦中，恐怕再难见到。可惜关塞绵长，天长地远，岂是梦能轻易度越的？美梦不易求得，更何况是与爱人相见？

薛涛的深情等待并未换来美满的结局，李程像人间蒸发了一样，再也不见。从此，薛涛一寸相思一寸灰，继续在这虚情假意，逢场作戏的烟柳巷艰难度日。

可喜的是上天带走了李程，却给他送来了韦皋。那一日，镇蜀的节度使韦皋宴请宾客，早闻薛涛文采出众，便派人召她前来即席赋诗。薛涛一首《谒巫山庙》让韦皋欣喜不已，怜爱之情也油然而生。此后，薛涛便常常出入韦府，进入了韦皋的生活和工作之中。如若薛涛收敛锋芒，安心协助韦皋，她的后半生也会稳稳当当。可薛涛偏偏没有意识到自己的一切，包括盛名都是这个叫韦皋的男子赐予的。

她每日悠游于文人名士间，与他们诗词唱和，饮酒闲谈，即便对于那些慕名来访的雅士，她也一概不拒。那时，薛涛用胭脂掺水，造出了一种红色的信笺，十分漂亮。薛涛如若遇到心仪或相谈甚欢的客人，便会在这信笺上提上诗句，赠予他人。这便是后世称赞的"薛涛笺"。这一切引起了韦皋的不满。

既然自己无法独享，那便也不能让别人染指。韦皋怒从心中起，寻了个理由，将薛涛远远发配了。韦皋的一纸贬书，彻底敲醒了薛涛，也让薛涛看清了自己的身份。原来花前月下的山盟海誓都是虚假的浮云，唯一真实的是她妓女的地位。而这身份也注定了，不管你薛涛有何种才华，都需要依靠男人的怜悯，才能立足于世。

或许是儿时艰难的记忆让她不愿再过苦日子，也或许是在韦皋的呵护下薛涛已经习惯了安逸的生活。总之，面对这个能够掌握自己生死大权的男人，薛涛放下了高高在上的姿态，俯首认错了。她写下了《十离诗》，派人送与韦皋，以求宽恕。

驯扰朱门四五年，毛香足净主人怜。

无端咬著亲情客，不得红丝毯上眠。

——《犬离主》

越管宣毫始称情，红笺纸上撒花琼。

　　都缘用久锋头尽，不得羲之手里擎。

　　　　　　——《笔离手》

　　其余几首也大抵都是这些意思，不过是说自己是不值钱的犬、笔之类的物件，而韦皋则是掌握自己命运的主人，只有韦皋才是自己真正的依托，自己已经虔心认错，恳请能够获得原谅。

　　这些字字呕心，句句沥血的诗句，恍如她拿着一把匕首往自己的身上一刀一刀地割，割到痛彻心扉，割到肝肠寸断方才停笔。韦皋哪会真舍得让薛涛离去，一看到这《十离诗》，便松了口，接回了薛涛。

　　最终，薛涛还是回到了韦皋的身边，这一次，不但身体回来了，心也跟着回来了。冷静的薛涛收起了心性，再多的才华对于一个女人来说也是无济于事的。没有了欣赏自己的男人，这才华，不过就是废纸一堆。心中的悲戚涌上来，薛涛就此安分了，不再流连于才子文士之间的吹捧应酬，而是深居简出，过起了修身养性的生活。

　　在这期间，南越敬献给韦皋一只孔雀，薛涛很喜欢，便命人在节度使宅内挖了池塘，建了笼子让孔雀栖息在此。那时，一个叫王建的诗人还曾就此事写下一首《伤韦令孔雀词》。

　　可怜孔雀初得时，美人为尔别开池。

　　池边凤凰作伴侣，羌声鹦鹉无言语。

雕笼玉架嫌不栖，夜夜思归向南舞。

如今憔悴人见恶，万里更求新孔雀。

热眠雨水饥拾虫，翠尾盘泥金彩落。

多时人养不解飞，海山风黑何处归。

孔雀是高贵的，但高贵并非养尊处优，即使住雕龙玉架，即便有凤凰为伴，它仍"夜夜思归向南舞"；孔雀也是聪明的，它深知憔悴会让人厌恶，遭到遗弃；孔雀的结局却是凄美的，"翠尾盘泥金彩落""海山风黑何处归"。薛涛好似这只高贵、聪明、凄美的孔雀，在尘雾缭绕的炎凉俗世中披着霞光开屏起舞。

公元 831 年的秋天，孔雀突然死了。是巧合也好，注定也罢，第二年的夏天，薛涛也不幸离世。孔雀的结局似乎在冥冥中昭示了薛涛的命运：生得华丽高贵，却一生都逃不开被圈养的命运，即便到死，也无法逃离，无法去寻找真正的自由。

与薛涛相伴一生的韦皋恐怕都难以明白薛涛真正的心意，他不懂这个心洁如冰雪的女子为何从来都不奢望官职头衔，也从不要求锦衣玉食、大富大贵。更没办法知道，薛涛想要的不过是无忧无虑、洒脱自在的生活。她渴望得到属于自己的宁静祥和、自由平等的天地。好在，韦皋虽读不懂她，却自始至终爱她。

至亲至疏夫妻：李季兰

缱绻相思，怎奈恋情薄

世间的情，多是有开始，没有结束的。再缱绻再炽热的温情大都抵不过时间，待沧海变成桑田，一切终成枉然。或许，春到芳菲将淡，情到深处情转薄，世事变迁，其实是每个人，每段爱恋，甚至是每场轮回的宿命。

人世无常，相爱却终成梦一场。风吹花无痕，念之残忍，却也只能空嗟叹罢了。

正是那个"美姿容，神情潇洒，专心翰墨，精弹琴，尤工诗"的李冶，最能引得后人感叹。

李冶，字季兰，是个传奇的女子，据传六岁时就因"经时未架却，心绪乱纵横"引得父亲对她的诗才大加赞赏。但更让父亲意外的是，女儿诗歌中的立意十分颓唐，所谓架者，嫁也，区区六岁孩童，便已思嫁。于是为修养心性，父亲其后便将其送入玉真观做女道士。

本想幽静无欲求的生活，能将女儿的心性收起，让她安于本分。可他错了，有些事情似乎是上天注定。

春花易凋，时光如流，芳心寂寞，李季兰这样的女子，如何能安心让自己的芳华随着这山谷日复一日地凋零。孤灯一盏，黄经一卷，她便与人品诗论词。她的才情与美丽倾倒了多少风流倜傥的才子，但也注定了要承受悲欢离合的痛楚。

> 人道海水深，不抵相思半。
> 海水尚有涯，相思渺无畔。
> 携琴上高楼，楼虚月华满。
> 弹著相思曲，弦肠一时断。

这首《相思怨》，把伤怀道尽。初尝爱情，使她在心中种下了太多的希冀。最难刻骨的是那次初见，只一面便沦陷。日后的万千回忆和思念都是从那一刻开始悄然滋生。从指间滑落的一缕缕柔情，从笔尖生出的一行行文字，都因那一刻而明媚生色。

李季兰虽然自幼独居山上的清幽之处，但二八芳龄正是女儿

家怀春的年纪，她自然也免不了对道观之外的世界充满好奇，对于人间情爱满怀向往。一日，趁观主午睡之际，李季兰偷偷溜出道观，来到剡溪中荡舟漫游。舟划过水面，荡起阵阵涟漪，也波动了隐士朱放的心湖。

朱放眉清目秀，一派隐逸风流，季兰眉眼如画，犹如画中仙子，二人在这秀丽山水间，谈古论今，唱和联诗，好不惬意。

然而天色迷离，伊人隔千里。朱放因忙于官场事务，便无暇看望昔日情人。等待让季兰那颗满怀热望的心备受熬煎。还好茶神陆羽出现了，他用温柔细腻的情感填补了季兰初恋的落寞。一次，季兰身染重病，陆羽闻讯急忙赶来照料，日夜相伴，这让季兰感怀于心。可她与陆羽虽情谊相系，但碍于特殊身份，不可能谈婚论嫁，厮守终身。

人与人之间的情感有时候就是这么奇妙，可以由浅及深，也可以从深入浅。但人一辈子至少要有一次这样的情感，浓时能相濡以沫，淡时仍可相敬如宾，不离不弃。若能得此情意，不管是友情、爱情，还是亲情，都是此生的幸运了。

爱之于季兰，并不是补给身体的养料，也不是满足精神的需要。季兰的爱更像是对人生的追求，对梦想的渴望。

曾经，彼此是看烟花的主角，有着毕生要在一起的信念。然而，再浓的情，都经不起风吹雨打。曾经，许诺过的三生三世，如今已无从忆起。或许，三生三世，本来就是一个捉弄人的童话。

最怕物是人非，转眼成空，而这些场景，却频频出现，乐此不疲。一起走过的山山水水，依旧颜色不改，月光依然是琥珀色般的皎洁，而自己却只能追寻余香，一遍遍地走来走去。

现实生活的背离，让她的心慢慢冷却，那种冷就如同把热腾腾的心放在刺骨的冰水中。初时是躁动的喧哗，后来是空寂的想念，再后来那渺茫的相思使她日日不能入睡。

携琴上高楼，月圆人断肠，寂静的夜哪懂得她那撕心裂肺的感觉？"人道海水深，不抵相思半。海水尚有涯，相思渺无畔。"海水尚且深不见底，却抵不过相思的一半。海水辽阔尚且有尽头，为何相思却时时漂泊找不到港湾？心中苦海无边，回头亦无岸，对着青灯也未能幡然醒悟。为何刻骨的爱情，终落得如此下场？为何深爱的人遗留的柔情，会幻化成刺心的伤？是太在意吗？在意到他的每一个不经意都酝酿成间歇的苦楚。

她就是在爱与纠缠中度过了一生，在笑中带泪中磨完了一生，终生未嫁，却更懂婚姻的无常。"至高至明日月，至亲至疏夫妻。"《八至》或许就是她一生真实的写照吧。最高最明的是天上的日月，最亲密也最疏远的是夫妻。这不过是一个个浅显而至真的道理，却能让人感到沉甸甸的悲哀。

在满天满地的月光笼罩下，季兰手抚瑶琴，轻轻上了高楼。信手低眉，续续弹弹，曲调中满含忧伤，缠绵悠长，或许只有相思的曲子才能弹出这般意境。然而，相思越切手越颤抖，凄凄之中，肠断弦也裂。她只得抚琴独坐，神情萧索，黯然良久。陪伴她的，只有这无尽的月华。

"一种相思，两处闲愁。此情无计可消除，才下眉头，又上心头。"李清照也是个才情美貌兼具的女子，却也被相思折磨得人比黄花瘦。豆蔻年华初遇爱情，之后生命中便有了赵明诚相守。恩爱夫妻，只羡鸳鸯不羡仙。世事难料，终抵不住残酷的宿命。

国将不国，家也不成家。一切繁华像极了一番嘲弄。

人走茶凉，喧哗后的寂寞如同古寺的灯，一丝丝地烤着留下的人。一切仿佛失了颜色，只剩下寂寞的黑，或浓或淡。恍惚中，他还是静静站在她的身后，为她烹茶赋诗，和她谈文论画。然而，一切只不过是存在过又消失了的梦境而已。

爱情太过脆弱，在不经意间就会支离破碎。若是可以，倒不如学学那见惯俄罗斯大风雪的维塔耶娃，她的爱既热烈却有着别样的洒脱和淡然。

> 我想和你一起生活在某个小镇，
> 共享无尽的黄昏 和绵绵不绝的钟声。
> 在这个小镇的旅店里——
> 古老时钟敲出的
> 微弱响声，像时间轻轻滴落。
> 有时候，在黄昏，自顶楼某个房间传来笛声，
> 吹笛者倚着窗牖，
> 而窗口大朵郁金香。
> 此刻你若不爱我，
> 我也不会在意。

莫待无花空折枝：杜秋娘

红颜易老，花开堪折直须折

女人的世界，是一扇一扇闭合的窗，是一层一层抽丝的茧。倘若有人悄然打开那扇窗，拨开那层茧，他们会惊讶于窗外尽是莺歌燕舞、姹紫嫣红，这是女人一生中最华美的年岁。

"如何让你遇见我，在这最美丽的时刻"这或许是每个女子心中一成不变的愿望，与一人缓慢地经历感情的万水千山，最后在那青草绵绵处，一同死去。

愿望总是那么美好，奈何红颜易老，韶华空负。"可耐玉鞭留不住，又衔春恨到天涯。"飞逝的时光，即使策马加鞭也不能挽留，留下的只有无尽的叹息。春色是那样的美好，却只能衔恨前行，奔向天涯，心有不甘，终是无济于事。

"花开堪折直须折，莫待无花空折枝。"美人如花，匆匆而逝，有多少女人可以像杜秋娘这般以纤纤玉手折花叶，以鸿鹄之志尽显文采，不甘落寞，不甘沉寂，享受生命中最美的风景，寻找生命中最精彩的过客。

提起杜秋娘，便想起她那首流传至今的《金缕衣》。

劝君莫惜金缕衣，

劝君惜取少年时。

花开堪折直须折，

莫待无花空折枝。

穿越时空，回到那个歌舞升平、纸醉金迷的场景，妩媚俏丽的杜秋娘为年过半百的镇海节度使李锜表演。为了从美艳绝伦、长袖善舞的歌妓中脱颖而出，杜秋娘暗自思量，自写自谱"金缕衣"，婉转唱出，惊艳四座。论诗才，杜秋娘的诗偶有新意，算不了奇和美，但论心机，却为高人。她的心机之高明，并不在于老谋深算或是未雨绸缪，而是善于洞察人心。

诗中尽是显而易见之语，却字字珠玑，此中深意，需要人静静感悟。

劝你莫要在乎那华丽的金缕衣，还是要好好珍惜青春年少的光阴。花开的时候，不要犹豫，直接折下来就可以。不要等到花谢之后，徒然折下一段空枝。"人生得意须尽欢，莫使金樽空对月。"于千万人中遇见你所要遇见的人，于千万年之中，时间的无涯的荒野里，没有早一步，也没有晚一步，刚巧赶上了，是一件幸事，需要好好珍惜。

从诗作温柔的口吻，在如水的规劝中，似乎确实可以读出女子的柔情。看花流泪、见月伤心，的确是女子才容易流露的感情。笑靥如花，如花美眷，女子和花之间，总有千丝万缕的联系。所以黛玉在葬花时不禁感叹："试看春残花渐落，便是红颜老死时。一朝春尽红颜老，花落人亡两不知！"花开花落，最容易触动女子细腻的情思。

相传，李锜因为听了她演唱的这首诗，便将她收为侍妾，成就了一对"忘年恋"的典范。后来，李锜起兵反抗朝廷遭到镇压，作为罪臣的家属，杜秋娘被送到后宫为奴。结果，又是因为这首《金缕衣》，她被唐宪宗赏识，封为秋妃。

不管后来岁月如何坎坷，总算没有辜负自己青春的绚烂。女人的生命是禁不起岁月的蹉跎的，红颜易老，杜秋娘深谙其理，并且也幸运地遇到了赏花人，不论是之前的李锜还是后来的唐宪宗。然而并不是每一个女子都能有杜秋娘这般幸运，她们只得任秋风渐渐凋落美丽的容颜，留下一串串叹息。

钟陵醉别十余春，重见云英掌上身。

我未成名卿未嫁，可能俱是不如人。

这本是诗人借云英未嫁来自嘲，可也能从中看出云英等女子的辛酸。

韶光溅落，时间倒退至相逢那年的光影交错；流年匆匆，岁月在沉默中隐去曾经的体态。转眼间，世事已沧海桑田。仿佛还是昨天，可是昨天已非常遥远。记忆中的那个人还是明眸皓齿，柳眉朱唇，奈何时光太匆忙，一切的一切，早已时过境迁。这不由让人想起《惊梦》那一段：

> 原来姹紫嫣红开遍，似这般都付与断井颓垣。良辰美景奈何天，赏心乐事谁家院！朝飞暮卷，云霞翠轩；雨丝风片，烟波画船——锦屏人忒看的这韶光贱！

这样繁花似锦的迷人春色无人赏识，都付与了断井颓垣。这样美好的春天，宝贵的时光应该如何度过呢？谁家才有令人心情愉快的事情呢？雕梁画栋、飞阁流丹，如云霞一般灿烂绚丽。和风细雨，一只精雕细琢的画船漂浮在烟波浩渺的春水中，如此美景，封建家长却把它看得很卑贱。

杜秋娘诗中曾鼓励并劝勉世人，不要贪图金缕衣的物质吸引，要将自己的热情和年华投入到积极进取之中。唯有把握时机，撷取人生最灿烂繁华的光阴，才算不辜负宝贵的生命。然而，幸运如她，毕竟只是个例。封建社会，婚姻讲究门当户对，父母之命，媒妁之言。女子爱惜自己的年华时，恰巧遇到要嫁的男子也同样

爱惜它才好。而要将这些因素调和，其中难度，可想而知。

最喜欢《情人》的开篇。希望多年后，当我青春不再的时候，我也能说这段话：

"我已经老了，有一天，在一处公共场所的大厅里，一个男人向我走来，他主动介绍自己，对我说：'我认识你，永远记得你。那时候，你还很年轻，人人都说你美……与你那时的面貌相比，我更爱你现在备受摧残的容颜。'"

于时光的穿梭中，最难能可贵的便是人世间那份相知。经历人世沧桑，再次相逢，唯有叹息时光留下的痕迹。眉眼还是那双眉眼，只是目光不如从前那般有神。略发混浊的瞳眸，是岁月的杰作；雕刻于面容之上，是时光的纹理。一日又复一日，何况岁岁年年。

十二载，很长，足够使一段感情发生改变；十二载又很短，再相遇之时，除却赚到了年岁，一切都不曾改变。

转眼十二载的时光已从指间划过，当罗隐再次走过钟陵时，一切仿佛都已改变，又仿佛一切都未变。云英虽依然风姿绰约、舞姿翩跹、体态轻盈，然而终究已被岁月抹去了些许风华，依旧无所依靠，凭姿色、凭歌声打发日子。

带着微笑、泪水，和多年来的坎坷和辛酸，云英将自己的一生唱尽。无可奈何花落去，所有的奋斗都化成一场镜花水月。有时候，梦想正如闭合的一条曲线，走了一圈，才发现始终在原地踏步。其中的伤感、抑郁、悲愤，不是三言两语就能诉说尽的。

"我未成名君未嫁，可能俱是不如人？"诚然，惜时如杜秋娘者，并非人人都可以像她那样，在经历了李锜之后仍可以得到唐宪宗的青睐。对大多数的女子来说，此一生，得一人足矣，这也是为什么那么多思妇将丈夫送到边疆，独自等待的原因吧。

这些女子，她们终其一生，只是眼巴巴地等着有一个人能够爱自己。可即便像云英这般俏丽的女子，已是半老徐娘，尚未找到一个良人，其他人的结局可想而知。"我更爱你现在备受摧残的容颜"，这样痴情的男子让人心醉，可是却也可遇而不可求的。

还君明珠双泪垂：张籍

无言有恨，恨不相逢未嫁时

"君生我未生，我生君已老。君恨我生迟，我恨君生早。"这或许是世间最凄怆的爱情了吧。在错的时间里，遇见对的人，就如同在秋日里，种下一棵石榴树，热心期盼来年五月会开出一簇一簇小红花，进而结出一树饱满欲滴的石榴，然而，冬日的一场寒流，熄灭了诗人所有的期盼。种子在心中扎根，却再也不会发芽，明明知道不会再有交集，却舍不得把昨日连根拔去。

张籍的《节妇吟》也许就是这类爱情的最好注脚。

君知妾有夫，赠妾双明珠。

感君缠绵意，系在红罗襦。

妾家高楼连苑起，良人执戟明光里。

知君用心如日月，事夫誓拟同生死。

还君明珠双泪垂，恨不相逢未嫁时。

于千万人中遇到了你，在时间的荒漠里，没有早一步也没有晚一步，那是一种幸福。可上天既然安排我们相遇和相恋，为何却不在一个正确的时间？在对的时间遇见对的人是种幸运，因为离幸福很近；但错的时间遇见对的人却是不幸，因为会与幸福渐行渐远。或许，上天冥冥之中就已注定，我们有缘无分，相遇相知却无缘相守。

如果你早点出现，或者我还未嫁，那该是多么美丽的结局。可如今我已嫁作他人妇，你为何还要以明珠相赠来表达爱意？明知我俩今生已经错过，为何还要横生枝节，留下不必要的念想？女子心中涌起的甜蜜感被残酷的现实笼罩着。

都说两条平行线最可悲，那么相近却永远不能相拥。然而，相交线更苦楚，从最远的距离走向彼此，在擦出火花的那一刻，便意味着相离，且越走越远，甚至比未遇见时的距离更远。

女子虽已为人妇，但死水般的生活，在他出现的那一刻涌起千层浪。用心去换另一颗心，触到了最温热的脉搏，感受到了缠绵之意，她便把带着君子余温的明珠，系到了殷红色的罗襦上。

奈何奈何，夫婿的温情，亦是如同人间四月天，家中高楼雄伟华丽，宫苑金碧辉煌，夫婿在明光殿执戟，身份不凡。爱情里如若有选择便也徒增烦恼，女子陷入了两难的境地。可混沌的心透出些许光来：君子的一片真心我会一辈子铭记在心，可夫婿的爱抚才是我最想要的；或许你能许我几倍于今的荣华，或许，相伴多年，我与夫婿曾经的轰轰烈烈早已被平平淡淡取代，但于我来说，这简单的爱情，是最幸福的。

想来婚姻中没有好与不好，没有高低贵贱，有的只是一种习惯。正如你习惯了我的鼾声，我习惯了你的任性。纵然婚姻之外的爱情更明艳，也如夜空中的烟火，腾空而起，散尽璀璨，却会最终消失在茫茫的黑夜，再寻不到踪迹。

纵然知道君子的情可与高山比肩，可怎奈已经在成亲之日与夫婿共同许诺，愿岁月静好，生死与共。女子百般不舍地将寄在罗襦上的明珠交还，分离的时刻，终于让眼眶里的泪，在脸上溅起水花。

或许张籍在写这首诗时，从未想到过后人会如此传唱。诗下的小注"寄东平李司空师道"可窥见，这是他拒绝拉拢的婉转方式。而世人更愿意撇开他的政治背景，去体味诗中女子欲罢不能，但最终选择守护家庭的微妙心境。

作家三毛曾经在散文中提到一个故事，她说丈夫荷西有次告诉她，"他爱上了别人"。多数女人听到这样的说法都会暴跳如雷，她们把纯洁忠贞作为婚姻的底线，但三毛没有这样做。她认真地听丈夫讲述了那个女孩的故事，发现那也是个非常美好的女子。所以，她对荷西说，"你去试着跟她生活。一年之后，你喜欢她的话就留在她身边，想念我就回来，如果都放不下，我们三个人就一起生活。"实验的结果是，不久后荷西又回到了三毛的身边。

婚姻以外的爱情，能够给人刺激，但兴奋过后，依然要回归平淡。再大的激情也有燃尽的时候；坚守婚姻，便守住了幸福的底线。如此说来，张籍笔下的"节妇"似乎比现代人更有智慧。于情于理，"还君明珠双泪垂"，既不乏对别人感情的尊重和感谢，也没有突破道德和婚姻的底线，有情有义却也有礼有节。

还君明珠双泪垂：
张籍

多情总被无情恼：

刘禹锡

猜不透的心思，最撩情丝

年轻时的情感总是纯粹透明，又略带一丝朦胧的美感。喜欢让温情在深夜悄悄发酵，蓝月亮悄悄爬上树梢，有一种思绪便顺着淡淡的月光铺满周身。渐渐地，便似乎闻到了雨后淡淡的泥土味道，让人迷离沉醉。

每每到这个时候，总想摊开纸，写一封情书，边写边读给自己听，无须寄出，写好后就密封。但是，也希望刮来一阵风，让风把字字句句捎给心上郎，让他知晓，我是怎样为他迷醉，正如刘禹锡的《竹枝词》中表达的情感。你看，爱情就是这样羞涩忐忑，又如此坦率真挚。

杨柳青青江水平，

闻郎江上踏歌声。

东边日出西边雨，

道是无晴却有晴。

人们总喜欢以歌传情，因为它不似普通语言，有特定的含义，
无须夜夜揣摩；它需要气氛的渲染，情感的铺展；它是微妙的，
像水一样没有形状，却适合于任何容器；它忽远忽近，凭空而来，
轻轻游动着，深入你的心里，没有言语，却比盟约更动人；它似
心情的触须，稍稍一拨，便波及全身。

一场太阳雨后，两岸杨柳低垂摇曳，青翠欲滴，江面水位初
涨，平静如镜。少女拨弄着垂下来的发丝，走在江边。忽然，悠
扬的歌声从江上随风飘来，听到歌声，忧伤便被歌中的深情冲淡。
抬头望见东边阳光灿烂，西边细雨绵绵，姑娘摸不透对方的心思，
爱到深处，便不知有情还是无情。姑娘的爱意与忧伤，就像这绕
山流淌的蜀江水一样，无尽无止。

小伙子对这位单纯的少女若即若离，对于少女的心意他总未
给出明朗的回复。当少女以为他无意自己时，他总是适时表现出
热情；可当少女认为他也心仪自己时，他又总是尽力撇开。这人，
就像黄梅时节的天气似的，东边出太阳时偏偏西边在下雨，说他

无情，又似乎满腹深情。女子感觉小伙子的心已经无限透明与亲近，可却总有什么东西阻碍着她前进的步伐，因此她的心总是甜蜜地烦乱着。如果爱早已捅破这层窗纸，或许就不会有这种愉悦又烦乱的情愫了吧。

情窦初开而又深陷其中的女子，往往是最温柔的、最痴傻的，她们傻到常常把对方的一个眼神一个动作看作爱或不爱的象征。她们重复着这个游戏，乐此不疲。

"易求无价宝，难得有情郎。"如果是两情相悦倒也罢，最无奈的莫过于说者无心，听者有意，多情却被无情恼，苏轼也曾写《蝶恋花》：

花褪残红青杏小。燕子飞时，绿水人家绕。枝上柳绵吹又少，天涯何处无芳草！

墙里秋千墙外道。墙外行人，墙里佳人笑。笑渐不闻声渐悄，多情却被无情恼。

枝头上的柳絮，随风飘走，正如那丝丝缕缕的情丝。墙里佳人的欢声笑语引得墙外行人禁不住停下了匆匆的脚步。一堵围墙，遮住了行人的视线，却拦不住行人对墙内女子的美好向往。佳人的容貌和身影被高墙隔断，悦耳笑声却不时传出，撩拨行人的心弦。行人伫立墙边细细聆听，可笑声却逐渐消退，多情的行人不禁因为墙内佳人的"无情"而恼怒。

如果说小伙子的模棱两可惹姑娘生气的话，那这墙内的佳人真是冤枉了。她并不知道自己的嬉闹已经被墙外行人看在眼底，并引起对方心动。如果她要知道墙外行人的心思又会怎样呢？是委婉地拒绝还是和墙外行人怀着同样的期待？我们不知道故事的结局，但这似有还无的意趣却已让我们深深陶醉于其间。

但相遇再美，终抵不过流年。韶华易逝，红颜易老，如花美眷终会迎来如风中残烛的一天。青春是一场终将散场的盛宴，能遇见一人最好的时候，那也是三生之幸。《竹枝词》里的小伙子又在犹豫什么呢？若是对姑娘无意，还是趁早放手，何故以歌表达情意？若是有情，为何又如那漫天飘飞的柳絮一般，猜不透情思？希望小伙子还是早下决断，不要等到伊人离去，让悔恨把心窝填满才好。

指尖薄凉，唯拥回忆取暖。

爱情是世间古老而绵延的主题，甜蜜相伴，相守到老是多少恋人永恒的愿望。美好的爱情可以有不同的状态、不同的形式，任何一种都值得你为其倾尽一生。他们如馨香的花朵，任何一瓣，足以沁人心脾。只是月圆月也会缺，哪有那么多的完美结局故事，哪有那么多的"蓦然回首，那人却在灯火阑珊处"的恰到好处。更多的是残酷的爱情悲剧。

可是即便再凄凉的结局，美好也是爱情最初的模样。每一段爱情都有个美丽的开始，更何况是青梅竹马的爱情。汉武帝和陈阿娇的爱情曾经让多少人羡慕不已。他们本为姑表之亲，幼年时刘彻曾许诺要娶阿娇为妻，并对阿娇之母刘嫖说"若得阿娇作妇，当作金屋贮之"，此后"金屋藏娇"一词便被当作爱情的佳话，

刘禹锡　多情总被无情恼：

157

流传了下来。

汉武帝即位后，阿娇如愿为后，二人成双入对，共度了十余年的快乐时光。这不禁让人想起所有童话故事的结尾："自此，王子和公主过上了幸福的生活，一直到永远。"可这个"永远"便没有再提，如果这个童话故事继续进行下去会是什么样子。现实往往不会终结于童话故事美丽的结尾，如花美眷，终抵不过似水流年。阿娇本以为十余年的感情坚不可摧，奈何它只是一张薄纸，一捅即破。

有时候命运总是那么残酷，阿娇虽承宠多年无奈肚子一直不争气。"不孝有三，无后为大"，即便武帝再宠也要为他千秋万代的江山社稷着想。为绵延子嗣，以便从中挑选合适的下一任掌权人是每个皇帝的愿望。怀着这样的心思，歌妓卫子夫进入了武帝眼中。卫子夫容貌姣好，体态婀娜，更兼似水柔情，相比之下，阿娇恃宠而骄，武帝自然很快被其吸引。阿娇一时间备受冷落，俨然堕入冷宫，寂寞难耐。

曾经富丽堂皇的金屋因为武帝的不至而显寥落，阿娇望眼欲穿，希望能够盼来意中人的身影，刘禹锡的《阿娇怨》道尽了陈皇后内心的哀婉和无奈。

望见葳蕤①举翠华，试开金屋扫庭花。

须臾宫女传来信，言幸平阳公主家。

阿娇失宠后，时刻不忘再蒙皇恩，希望武帝能念及旧情再来看望她，于是她常常差遣婢女去打探皇帝的行踪，渴望能再赢得皇帝的宠爱。因此婢女只要远远看见皇帝花团锦簇、鲜丽明黄的仪仗队出现，就马上回报陈皇后。单单一个"望"字，又何尝不是阿娇对武帝宠幸的切切期望！

"女为悦己者容"，既然中意之人都不回来看望，金屋即便再如何恢宏气派又有什么用呢，就让它随着花容月貌一起衰败下去吧。因此阿娇宫内出现一派破败景象，繁花堆积。阿娇的相思之情如这凋零的繁花铺满了整个庭院。一句"皇帝出行"让阿娇死寂的心重又活泛开来，她急急忙忙让宫人们打开金屋门，打扫庭前落花，准备迎接武帝。可她内心旋即布满了忐忑：不知武帝即将何往，如果自己满怀欣喜大肆整理到最后落得空欢喜一场，岂不让人伤感？可是如果武帝前来，看到庭内的萧条景象，以后再也不上门又怎么办？希望和失望像两团火，无情地煎熬着阿娇本就脆弱敏感的心。

不开殿扫花，恐其即来；开殿扫花，又恐其不来。于是阿娇决定且试着开一开，试着扫一扫。正当阿娇和宫人准备迎帝之时，婢女再次回话，阿娇一听，刚才犹豫不决的心再次飘在了空中：皇上是来了还是另觅他处了呢？谜底要解未解之时，最让人揪心。她希望听到好消息，可又怕宫女带来的是坏消息，一时之间，心内翻江倒海，没一刻安宁。

最终她还是知道，皇帝已经到他的姐姐平阳公主家中去了。平阳公主是皇帝的亲姐，他去姐姐府中合情合理，可是阿娇和婢女皆知，所谓"平阳公主家"其实是去看卫子夫，因为卫子夫是平阳公主引见的。

初次读罢此诗，曾心生疑惑：皇帝去看卫子夫，婢女直言相

刘禹锡　多情总被无情恼：

159

告便是，为何要委婉回答，再拐弯抹角事情的真相也摆在那里，掩饰不了。可细细玩味，方知其中妙处，陈皇后日日盼武帝而不得，听到卫子夫这个名字恐怕会怒火中烧。发怒的人是最可怕的，何况她是自己的主子！一个回答不周，就会引火烧身，可是主子问起，又不得不答，正是怀着这样的心思，婢女顾左右而言他。陈皇后对于皇帝莅临平阳公主家，即使有诸多不满，也不敢置喙，有怒也无处发。

想见不能见，最痛。最美的年华，只能用来守望。爱情是那么触手可及，却又是那么的遥遥无期。向左走，向右走，总是错过，总不能携手走向生命的终点。阿娇与刘彻只一墙之隔，可墙内墙外却是两个世界。阿娇想越过墙去，寻找刘彻的踪迹，她自认为皇帝只是一时生气，却没意识到，自己早已经是翻过去的那页日历。

舒婷在《双轨船》中写："你在我的航线上，我在你的视线里。"可即便如此，就一定能相遇么？相遇就一定能相守么？阿娇不甘心，以为有着十多年的感情生活做基础，再大的裂隙总有办法补救。相传她"千金买赋"于司马相如，《长门赋》一文感动了汉武帝，也让武帝回心转意，再次宠幸了她。

时间面前，感动太苍白，短暂的欢愉后，陈阿娇永永远远地陷入对武帝的思念中。如果说刘禹锡的《阿娇怨》尚留一丝的光亮，那么李白的《长门怨》则完完全全地融入了黑暗中，悲切都显得多余。

天回北斗挂西楼，金屋无人萤火流。

月光欲到长门殿，别作深宫一段愁。

远方的北斗七星早已由东转向西，挂于西楼。夜已经很深了，当初藏娇的金屋因为所筑之人再不登门而倍觉荒凉凄清。皇帝已经许久没来了，当初繁华的宫殿如今空无一人，只有萤火虫飞来飞去。

　　月亮的清辉静静地洒照在长门宫中，更增添了冷宫中的一片愁情。阿娇独自一人久久在宫中徘徊，不忍睡去，怕当初的欢乐缠绵入梦来，更添愁绪。还好这一切被多情的月亮看在眼里，它久久陪伴着阿娇，迟迟不愿离去。本是人愁，却似月愁，宫中之人已经自作愁绪，月光所作之愁只是"别一段"罢了。

　　随着时间的流逝，欢乐结束，男人觉得爱情的失败只是一次情感的经历，是一次打磨，而感情的失败对女人来说则是几乎毁灭了她的世界，残酷的现实打碎了女人的梦想与憧憬，换来的只有无穷无尽的痛苦和长叹。

　　历史上多的是阿娇之类的女人，她们要的不过是一个男人可以陪自己白头到老。但是，"花红易衰似郎意，水流无限似侬愁"。在时间的洗刷中，容颜衰老，只能剩下一种"千金纵买相如赋，脉脉此情谁诉"的情怀了。

　　落花有意，流水无情，婚姻当真要比恋情多了几分辗转。人和人之间的情感就是这样奇怪，不是当初的一语空言就可以约定终身的，当日你侬我侬，今日却也可以淡漠视之。武帝当初是如此爱阿娇，为她可以金屋贮之，还可以十余年地专宠她一个，阿娇的恃宠而骄，又何尝不是武帝的爱惯出来的。

　　可是，爱情真真毫无道理可言，本以为十余年的婚姻，就可以执子之手，与子偕老，感情却在不经意间就消散在了某个路口。

如果能在爱情结束的时候，道一声珍重，从此云淡风轻该有多好。最是阿娇这类的痴傻女人，爱情早已离散，却仍紧紧握住记忆不放手。爱情之于她们，早已没有了当初的甜蜜，转化成了撕心裂肺的毒药，她们一边舔舐，一边泪流，却又忍不住静静地回味。

【注释】

①葳蕤（wēi ruí）：华美的样子。

望夫山上，静守一世轮回

时间的手，把今日写成曾经。

傍晚的时候，天下起淅淅沥沥的小雨，无声亦无息。雨，拍打着玻璃窗，像是执拗的孩子在哭泣。脑海中，浮起往事种种。在那个季节里，杜鹃遍野；在那个季节里，草长莺飞；在那个季节里，橘子熟透；在那个季节里，雪花飘落。而今，在每个有回忆的季节里，只有相思做伴，只剩下人影绰绰。

墙壁上曾有你的影子，屋子里曾绽放你的笑容。曾经最美，却也最痛。秋夜无边朦胧，在琥珀色的月光下，能做的也只不过是独坐窗口，让点点滴滴的回忆化成相思：

终日望夫夫不归，
化作孤石苦相思。
望来已是几千载，
犹似当时初望时。

刘禹锡的这首《望夫山》，痴情真真切切。这是一个传奇而又动人的故事，有一个女子因为思念老家的丈夫，而长久地站在山上眺望。日出日落，月圆月缺，她凝望未来的目光，穿越了时间的尘埃，撒落在爱情的银河里。花开花落年复一年，几千载的时间过去了，她苦苦相思的身影化作了坚固的磐石，变成了一座动人的雕像。

时光如一条静静的河流，轻轻地流淌在她的身边，但是相思之情已经令她完全忘记了自然界的更迭。她遥遥地望了几千年，却和当年刚刚站立的时候一样深情，这份苦苦的相思让她的爱情在人们心中化为永恒的磐石。

当年分别时候轻轻的一句我等你，转眼间已过千年。

一句我等你，包含了多少的无奈，心酸，苦涩。或许是爱不到，或许是不能爱，无论怎样，我等你这个承诺，远比我爱你更动听，也远比我爱你三个字，更需要勇气。可是，有多少的爱情经得起等待！

多少当初的海誓山盟消失在岁月的长河里，不是不爱，只是等待的耐心与热情在年年岁岁的孤苦无聊中渐渐地消失殆尽，等待远比爱情本身更加让人动容。

曾经说过很快就会回来的，女子便痴痴等待。流年似水，覆盖过生命。渐渐地，想念和回忆成为一种舍不掉的习惯。当初因爱而起伏，在起伏中失望，在失望中悲鸣，在悲鸣中回味，在回味中孤吟，在孤吟中断肠，在断肠中等待。既然丈夫承诺过，女子便将他的归来当作一种执念，虽然百转千回，但心头的热望仍然不时地跳跃着。

丈夫的轮廓成为一道闪亮的明灯，指引着女子，穿越悠长的黑暗。春夏秋冬，日日夜夜，从不停歇。刻骨的怀念啊，最终成就了一生的悲凉。只不过，她没想到，这一习惯性的等待转眼已穿过了千年的尘埃，成为后世的一段佳话。

从古至今，爱情总是留给女人更多的无奈。她们坚持古典爱情的价值信念，"执子之手，与子偕老"。牵你手的那一刻，我就决定跟着你一生一世，无论贫苦寂寥，或是颠沛流离，我都不会离你而去。

如果不是深爱，有几个女子愿意用自己一生来交换，更有甚者，像诗中女子这般，等待了千年，化作孤石继续保持着等待的姿势，望眼欲穿，痴痴守望着丈夫归来的路。

突然想起几年前在蔡琴的演唱会上，她在唱《你的眼神》前，对台下所有的男观众说了这样一段话："亲爱的朋友们，请你好好珍惜你身边的女人，不要以为她什么都受得了，不要以为她理所当然的什么都能承受，那真的是因为，她爱你太浓。"

是啊，因为爱你太浓，所以甘愿承受所有的委屈；因为爱你太浓，所以甘愿为你卑微到尘埃；因为爱你太浓，所以女子宁可将自己站成风景，也不愿丈夫回来时，因看不到自己的身影而心生不安。

世间此般痴情的女子又何止《望夫山》诗中的这一位。在高骈的《湘浦曲》中，还有痴情如此的娥皇和女英：

虞帝南巡竟不还，二妃幽怨水云间。

当时垂泪知多少，直到如今竹且斑。

相传尧舜年代，湖南九嶷山上有恶龙作乱。舜帝听此，立即决定南下铲除恶龙，还百姓一片安宁和谐的生活环境。舜帝的两位妃子——娥皇和女英都是明理之人，她们满含不舍地将舜帝送走，然后将思念拉成一根长长的线，日日牵挂着丈夫。

可是左等右等，两人在期待中忍受着岁月的熬煎，渐渐地体力不支。她们不似望夫山的女子只是一味地等待，而是踏上了漫漫寻夫路。一路的跋山涉水，一路的披荆斩棘，并未打垮她们。两人终于到了丈夫所在的山头，可是夫妻的温暖拥抱却被冰凉的坟墓阻断了。

二妃见此痛哭不已，泪珠洒在竹子上留下了点点斑痕，再也无法拭去。直到今天，湖南仍然有这种竹子，因为二妃的深情，它有个美丽的名字："湘妃竹"。

人生最悲哀的莫过于生离死别。死别远比生离更摧人心肝。望夫山的女子等候了一生，至死也不知道丈夫的音讯，有句俗话说得好"没消息便是好消息"。既然不知道消息，心头便可有份信念：丈夫应该还活在人世。女子怀揣着这样的心思，可以继续坚强地等待下去。

　　可二妃不同，苦苦地寻觅代替了百无聊赖地等待，换回的却是一尊冰凉的坟墓，怎不叫人心力交瘁？二妃对丈夫的思念再也找不到出口，声声泣泪，她们再也找寻不到活下去的理由，丈夫死了，活着的唯一支柱轰然倒塌，于是温婉多情的湘江水将她们的身体紧紧揽在了怀中。

　　张洁说过："爱，是不能忘的。"纵然上天赐予的爱情，是一种无望的等待和长相思，但是爱过，就是一种绚烂。试问，望夫山上的女子，一生后悔吗？是否也会在某个失魂落魄的午后，想要喝下一碗孟婆茶呢？或许在辛酸中，忆起更多的还是初见之时的浓情蜜意。

　　那孤石是望夫山上的女子等待丈夫的痕迹，湘妃竹则是二妃款款深情的见证。时间可以让人的肉体回归尘埃，却不足以抹去一段刻骨铭心的爱情，这两首诗告诉我们的，便也是如此吧。

人面桃花，物是人非：

崔护

桃花笑，映红颜

世间爱情的结局也许有千差万别，但所有爱情的开篇都同样美丽，一切的浪漫都源于初见时的惊喜，所有年轻的爱情都源于最初的心动。宝玉和黛玉第一次相见的时候，心里也都不由得一惊，觉得对方十分"眼熟"，像在哪里见过。仅凭目光中惊心动魄的那次相撞，足以断定此生是否可以相知相许。这三秒钟深情的凝望，倾注了对人生幸福的所有期盼。它犹如早春的桃花，鲜艳中带着柔媚、矜持与羞涩。

在那年清明节的午后，名落孙山的崔护独自出城踏青。长安南郊的春天草木繁盛，艳阳高照，桃花朵朵。一望无边的春天里弥漫着融融的暖意。随意漫步中，崔护忽觉口渴，恰好行至一户农家门外，便轻叩柴扉，讨一杯水喝。门里传来姑娘轻柔的询问，"谁啊？"崔护说："我是崔护，路过此处想讨杯水喝。"农庄的大门徐徐地拉开，两颗年轻的心便在明媚的春光中浪漫地邂逅了。

　　姑娘温柔地端了一碗水送给崔护，自己悄然倚在了桃树边。崔护见姑娘美若桃花，不免怦然心动。他上前搭话，女子害羞不答，只是含情脉脉地看着他。良久之后，崔护告辞，女子送他到院门，一个依依不舍地离去，一个心怀着眷恋跑回屋中。自此别无他话。

　　如果故事就此结束，未必是坏事，这一次的邂逅也只会成为崔护生命中一道美丽的风景。可世事总不会顺着我们的心意，一步步演下去。第二年的清明，崔护又去南郊踏青。没人知道他是不是去寻找那曾经令他刻骨铭心的笑容。无论是早已打定主意要故地重游还是鬼使神差，总之他又来到了桃花姑娘家门前。然而一把铁锁隔断了他的去路，也敲醒了他那颗欣喜之心。于是，他怅然若失地写下了《题都城南庄》。

　　去年今日此门中，人面桃花相映红。
　　人面不知何处去，桃花依旧笑春风。

　　去年今日，看到青春的姑娘和盛开的桃花交相辉映。今年的这个时候，故地重游，桃花依旧、春风依旧、心也依旧，只是不见了让他魂牵梦萦的女子。满树的桃花依然快乐地笑傲春风，树

下女子的欢颜却只停留在了记忆中。

物是人非才是最感伤的事。

邂逅总是那么美丽。爱情是如此慷慨，让二人遇见；但爱情又是如此吝啬，短暂到竟然容不得相遇之人说上一句"哦，原来你也在这里"。

人生路，莫回头。时光再美，早已落入岁月的烟河，想来徒留无限怅惘。既然时间流过，就让自己的心也随之流走吧，何必回首，桃花依旧，

一转身，是一辈子。错过了，就是一生。而唐人偏偏具有浪漫情怀，给残忍的故事情节加上了圆满的结局。

在唐人孟棨所著的《本事诗》中，延续了这个故事：后来，崔护得知当日的姑娘不幸去世，于是抚尸痛哭深情疾呼，女子死而复活，其父将她许于崔护为妻子。死而复生并喜结良缘的结局，未必真实，却寄托着古人的良好心愿，也给本诗增添了更多的浪漫色彩。

崔护的爱情故事可谓是有情人终成眷属，后世《牡丹亭》里也曾写到杜丽娘因爱起死回生，用汤显祖的话来说就是"情不知所起，一往而情深，生者可以死，死者可以生，生而不可以死，死而不可复生者，皆非情之至也"。

当然，没有人能证明崔护的爱情是否真的存在续集，但"人面桃花"的明媚和"物是人非"的落寞，却吟诵出人们对平常生活的感喟。尤其是那初见时的倾心，满树盛开的桃花犹如一朵朵怒放的心花，令人沉醉其中，流连忘返。

席慕蓉说："在年轻的时候，如果你爱上了一个人，请你，

请你一定要温柔地对待他。不管你们相爱的时间有多长或多短，若你们能始终温柔地相待，那么，所有的时刻都将是一种无瑕的美丽。若不得不分离，也要好好地说声再见，也要在心里存着感谢，感谢他给了你一份记忆。长大了以后，你才会知道，在蓦然回首的刹那，没有怨恨的青春才会了无遗憾，如山冈上那轮静静的满月。"

崔护

人面桃花，物是人非……

侯门似海，萧郎悲叹：崔郊

红尘陌上，念你如初

　　有一个诗人，一辈子只留下来一首诗，只讲过一件心碎之事，只做过一次艰难抉择，却在文坛中留下了浓墨重彩的一笔，在后世得到了永远的纪念。他叫崔郊——唐朝元和年间的秀才。

　　由于家境贫寒，崔郊常年寄宿在襄州姑母家。姑母家有个婢女，据说是汉南第一美女，端庄秀丽，温婉可人，又精通音律，能歌善舞。才子遇到佳人，两人便顺理成章地恋爱了，自此花前月下，海誓山盟，郎情妾意。可后来姑母家道中落，不得不把这个婢女高价卖给了城中的显贵于頔。得知这个消息后，崔郊心痛不已，对婢女念念不忘。

　　他们的爱情并未因此终结，崔郊一直祈盼能再见婢女一面，便终日在于府附近徘徊。但豪门富宅那堵厚厚的围墙却把一个人的身锁在里面,另一个人的心锁在外面,让他们恍若隔世。

然而,皇天不负有心人,终于在寒食节那天,当婢女准备出府回家探亲时,正好与站在门外柳树下苦苦等候的崔郊相遇。面对此情此景,他们只能默默相望。曾经深深爱恋的情人变作如今匆匆过路的陌生人,情感依旧无法互诉衷肠,崔郊不禁悲从中来,无限伤感地写下了《赠婢》:

公子王孙逐后尘①,绿珠②垂泪滴罗巾。
侯门一入深似海,从此萧郎③是路人。

"公子王孙逐后尘",公子王孙争相追求,足见这位入住她心房的女子是怎样美丽动人。然而,尘世太过短暂,爱情却又一而再,再而三地受阻,生命中思念过得如此漫长,但又如此迅速,还没来得及好好爱,就已经过了大半的时间,这让相爱的人如何不焦急。

热恋中的人,总是天真地以为,天荒地老是天经地义,海角天涯处依然有真情在。可是,当分别的时刻到来,心伤、不甘,却不得不妥协。纵然崔郊与那女子爱得深沉,却也抵挡不住宦官人家来夺爱。

像"绿珠"这样"美而艳,善吹笛"的女子,往往因容貌姣好,获得"公子王孙"的青睐,却也落得被劫夺的命运。宿命,冥冥

崔郊 侯门似海,萧郎悲叹……

之中自有天意。崔郊心中的婢女，已然成为被侯门紧紧关住的囚徒。爱，无法生长，只能自生自灭。纵然泪湿衣衫，却无可奈何。

最爱之人，反而伤自己最深。曾经的真诚毋庸置疑，然而，当绚烂归于平淡，岁月留下的回忆，也仿佛昨夜星辰，随风而逝。

《魂断蓝桥》中玛拉说过这样一句话："我只爱你一个人，现在是这样，以后也永远不会变。"或许，等待时光苍老后，这样至爱的誓言，也会被岁月无情收回。

"侯门一入深似海，从此萧郎是路人"，嗒嗒的马蹄，终究是个错误。如若知是这般凄怆遇见，不如不见。难道路过，只是为了让未来的日子，多些悲伤的回忆？曾经擦过肩的路人，只留下一点点余温，而后便渐行渐远、形同陌路。

爱情，原来也这般脆弱。

幸好这首诗，让他的爱情失而复得。据说于顿读了这首诗后，便让崔郊把心上人领了回去。可惜这般幸运儿太少。在那个"父母之命，媒妁之言"的封建时代，多情儿女没有爱情自由和婚姻自主，都是家门安排，家长做主。更可悲的是豪门婢女，她们的幸福就连亲生父母也无法替自己做主，而要完全依从主人的意愿出嫁。

所以那时，自由在尘世间只能向往。但心存不甘的恋人们，总是抱着"不自由，毋宁死"的激烈念头反抗，可他们太过渺小，抗争的结果无非是玉石俱焚，用最决绝的方式选择爱的自由。

时间、权势的力量太过强大，面对当初生死相许的誓言，一切开始变得荒诞，爱人之间的相见变得尴尬，已经远去的爱情令彼此的眉头紧皱，不得舒展。等再次经过当初相爱的地方，却是恍如隔世，往事已经被湮没于泥土之中，不见天日，他们只能沉默走过。

【注释】

①后尘：后面扬起来的尘土。指公子王孙争相追求的情景。②绿珠：西晋富豪石崇的宠妾，非常漂亮，这里喻指被人夺走的婢女。③萧郎：原出于对南朝梁武帝萧衍的称呼，后泛指被女子爱恋的情郎，此处为作者自谓。

人面桃花今何在……崔颢

一见倾心，两情相悦

　　轻声读"邂逅"二字，感觉像是漫天飘起玫瑰色的花瓣，缓缓落下，洒满脚踝。张爱玲笔下的邂逅更是唯美："于千万人之中遇见你所遇见的人，于千万年之中，时间的无涯的荒野里，没有早一步，也没有晚一步，刚巧赶上了，那也没有别的话可说，唯有轻轻地问一声：'噢，你也在这里吗？'"每一次的倾心，总是不经意的邂逅。不相识，又何妨。人世茫茫，四目交汇，终难忘。

　　"我是天空里的一片云，偶尔投影在你的波心。"只此一眼，便叫人迷醉。然而爱情像是含苞待放的花朵，并不是每个姑娘都能让它开出美丽的花来。有的姑娘羞于启齿，与对方擦肩而过，花朵还未开放，便已凋零；有的姑娘则摒除了羞涩和矜持，代之以坦率和真诚，大胆奔放地说出内心的表白，如那崔颢《长干行》中的横塘姑娘：

君家何处住？妾住在横塘①。
停船暂借问②，或恐③是同乡。

"你家住在哪里呀？"一阵清脆的声音从碧波荡漾的水面上飘来。邻船的小伙子被这突然的询问问住了，一时竟不知所措，只是怔怔地望着眼前这个可爱大胆的小女孩。天真烂漫的女孩等不及小伙子回答便接着说自己来自横塘。

听完女孩的回答后，小伙子才明白过来，可刚要出口的话语却又被这清脆铃音挡了回去。"你和我乡音相似，我们可能是同乡呢。"女孩一边用手里的桨努力将摇晃的船停稳，一边继续说道，随后一阵清脆的笑声顺着水流弥漫开来。

女孩的直率让这个小插曲洋溢着轻松活泼的气息。不知对面的小伙子给了她怎样的回答，是爽快答应还是委婉拒绝？不过想来漂泊湖上日久，他一定会生出些许欣喜，我们也许可以期待这个故事的结局是美好。

无论结果如何，女孩和小伙子能萍水相逢，并有过这样一段

崔颢 人面桃花今何在……

美丽的插曲，也是一件幸事。大千世界，芸芸众生，每天邂逅的人何止成千上万，但邂逅了能相互停顿、驻留的人又有几何？世间最可悲的事莫过于落花有意流水无情，李之仪的"但愿君心似我心，定不负相思意"道出了多少女子对美好爱情的渴望。

崔颢是位温柔体贴的人。他懂少女的心思，于是便在这首《长干行》之后，添了续曲：

家临九江水，　来去九江侧。
同是长干人，　生小不相识。

小伙子也憨厚地回答了姑娘的提问。"家临九江水"回应了"君家何处住"，"同是长干人"应了女主人公"或恐是同乡"的猜想。同是长干人，又同在水上漂泊寻生计，两人自然会有"同是天涯沦落人，相逢何必曾相识"的感觉。假若两人从小便相识相知，该有多好，这一叹更显出萍水相逢的可贵。诗里没有故事的结局，但是能有如此浪漫的开篇，想来结局也是美丽的。

在封建社会中，女子常被闺阁束缚，未嫁前几乎见不到家人之外的异性。一见倾心并大胆向封建礼教说不的女子是少之又少，这些人中并不是每个女子都如船家女那样，能收获爱情的甜蜜。

晚唐诗人鱼玄机终究是没有等到温庭筠，宝玉终究负了黛玉，张生也弃绝了莺莺。

世间最残酷的事情，莫过于任你痴痴等候，即便站成了望夫崖，终究换不来那人的回头。所以船家女是幸运的，她的一见倾心换来了两情相悦。

邂逅是一种美丽，更是一种缘分。能与对的人在茫茫人海中邂逅，相识相知，彼此欣赏，共同领略春夏秋冬的美好风光，一起感受真情爱海的万种柔情，岂不是人世间最美好的事情。

记得作家沈从文曾这样描绘自己与张兆和的爱情："我一辈子走过许多地方的路，行过许多地方的桥，看过许多次数的云，喝过许多种类的酒，却只爱过一个正当最好年龄的人。"实际上，在最好的岁月里，遇到心爱的人，能够相守固然是一生的幸福，但只要彼此拥有过撩人的心跳，一切就已经足够。

席慕蓉说她愿意化成一棵开花的树，长在爱情必经的路旁。但愿，那些正当年华的人，每当走过一树树的桃花，都会深深地记得，去认真收获人生美艳的刹那。

【注释】

①横塘：地名，在今南京市西南。②借问：请问，向人询问。③或恐：也许。

生死相许是为情长：

孟郊

情到浓处，只愿为君守初心

我们听过太多太多的誓言。人类总是急切地调用他们身上所有的语言让爱的人相信自己的忠诚和热情，纵使这忠诚和热情未必能如他们所言那般永恒。而这世上不见得人人都是赌徒，因为总能看见有人为了他人的只言片语，甘心赔上自己的一生。

孟郊的《烈女操》，其中的女子对亡夫许下如此动人心魄的誓言：

梧桐相待老，鸳鸯会双死。

贞妇贵殉夫，舍生亦如此。

波澜誓不起，妾心古井水。

　　相传梧桐为雌雄同株，梧为雄树，桐为雌树，梧与桐共生同长，也一起老去，一起化灰成烟。植物中有这般深情的树，动物中也有如此深情的鸟。"止则相偶，飞则相双"的鸳鸯被人类歌颂艳羡了岂止千年！

　　都道人心如月，又怎能夜夜圆满、夜夜皎洁。难怪聪明的朱丽叶会说："不要指着月亮发誓，月亮变化无常，每月有圆有缺，你的爱也会发生变化。"

　　《烈女操》中的女子却是发狠似的说：你看，那梧桐、鸳鸯都是同生共长、生死相随的。虽然我们没能共赴阴间，但我们也绝不忘昔日情意。你走后，我的心就如同那幽深的古井水，再不会为谁起一丝的波澜。

　　或许很多人看到"贞妇贵殉夫，舍生亦如此"时，心有不屑，说什么贞节妇女的可贵之处就在于一生为死去的丈夫守节，这样才算是至善至美之举，这明显是在进行封建的说教，在贞节牌坊已成为封建流毒的今天，谁有耐心听这些过时的调调？

　　然而在不屑之下，心中又不免计量：如若这诗中的女子真因爱而不嫁人，旁人还能鄙薄她的迂腐、同情她的命运吗？你走了，我的心也跟着离开了，别人造就的风景再美，终究与我无关，因为你就是我最美的风景。

孟郊　生死相许是为情长……

189

我爱你，和那些三从四德的封建纲常无关，我的身体和我的心一样自由。因为这一生我的心已经全部交给了你，再也容不下任何人了。这便是忠贞，它不仅会生死相随，也会为了你将生命好好续写，就像陆小曼从上海滩的华丽场走向平淡，也是忠贞的体现。

陆小曼是二十世纪二十年代京城风华绝代的名媛之一，经常出入交际场的她，吃穿用度也是十分的奢华。据说陆小曼每日起床都已过了午餐时间，下午则通常是在会客中度过，晚上的时间则花费在打牌听戏上。徐志摩的父亲见此情景，一气之下，便断了对儿子儿媳的经济支持。父亲的决定让徐志摩夫妇本来就不宽裕的生活变得更加窘迫起来。不得已，徐志摩只得同时在三所大学讲课，课余时间赶写诗文赚取稿费，以维持生计。可徐志摩的辛苦陆小曼似乎并未看在眼里，她仍然我行我素，从不收敛，直到徐志摩遇上空难。

徐志摩死了，众人都一致认为习惯于浮华的陆小曼会改嫁。可结果出乎所有人的意料，听到徐志摩死讯的陆小曼懊悔不已，一反常态，安心度日。

从前的种种爱若是铭心刻骨，如今失了，自应舍身同死。在残酷的现实面前，死是一个人能做的最容易的事，往往活下来倒成了难事。那些最终选择好好活的人，因为身上都有使命在。陆小曼选择生的理由是"因母老"，《烈女操》中的女子，我们虽然不知道她不随夫而去的原因，但可以猜测：她应该是带着亡夫的使命活在这世上的吧！发下这样的誓愿只求告慰那再不能相见的灵魂，并非因封建枷锁的束缚或因为世人的眼光。彼时的她，内心如一潭死寂的井水，无论情爱，无论飞短流长，也波澜不兴。

　　她只是想好好活下去，替他活下去，做他来不及做的事，尽他未能尽的孝道、责任，看他再也看不到的人世风景。待百年之后，在她与他相见时，再将这一切一一说与他听。

　　"十年修得同船渡，百年修得共枕眠"，白素贞情谊广蕴如三千尺的流水，因千年之前被一个牧童救起，便在峨眉山上修炼成精，化身女子，誓要报恩。纵然水漫金山依旧痴痴追求，纵然被压于雷峰塔下依然默默承受。这段美艳的爱情，因一个女子的执着，生长成一朵奇葩。若是拿流年衡量真爱，千万年也并不觉冗长。

　　当时间过去，容颜更改，凡人的躯体归于永恒的寂静，我们或许可以试着探寻那一代的女子是如何穿过黑暗、星空、暴风雨来寻找自我，并在漫长的一生中始终面带微笑，悠远笃定，从而拥有了与我们不同的灵魂。

生死相许是为情长…

孟郊

一缕诗情慰君心：李贺

相知若有时，何必岁岁年年

钱塘江畔，月冷如水。

这里葬着一个女子，泪眼好似幽兰上的露水。也就是在这里，有一位钟情"鬼魅"的诗人为这个女子举行了一场婚礼。

这女子是南齐名妓苏小小，钟情于建康才子阮郁却被其家人所阻，心存郁结，年方二十咯血而死。诗人是中唐鬼才"李贺"，因"父讳"而终生不得志，却自始至终以皇孙身份自居。这二人竟穿越时空产生关联，让人不得不对其中的因缘着迷。

文人都爱苏小小，一首首诗哀叹她坚贞的爱情和悲惨的命运。《玉台新咏》里便有云："我乘油壁车，郎乘青骢马。何处结同心，西陵松柏下。"此外，白易居、温庭筠等诗人也纷纷作诗，为小小寄托哀思。然而，他们的诗不过是向往佳人或哀其爱情悲剧，他们的爱吟和追忆也不过是一种理想的情怀。

　　唯有李贺，他读懂了小小的悲伤，一首《苏小小墓》道出了苏小小心中的希冀：苏小小要的并不是吟悯，而是无论生或死、前世或今生，都可以长存不灭的爱。于是，李贺作了这首感天动地的诗来祭奠小小，为这个飘散的灵魂举行了一场没有新郎的婚礼。

　　幽兰露，如啼眼。

　　无物结同心，烟花不堪剪。

　　草如茵，松如盖。

　　风为裳，水为佩。

　　油壁车，夕相待。

　　冷翠烛，劳光彩。

　　西陵下，风吹雨。

　　碧草为茵被，青松为伞盖。轻柔的微风是华美嫁衣的裙摆，叮咚的流水是腰间叮当的环佩。乘着前世的油壁车，在缓缓落下的夕阳余晖中等待。那双望穿的泪眼如幽兰上的露水，楚楚动人。就在这雨打风吹的西陵墓下，翠色的烛光暗淡地摇曳着。

　　"无物结同心，烟花不堪剪。"如果这不是一场婚礼，苏小

一缕诗情慰君心

李贺

小为何如此盛装华美；如果这是一场婚礼，那么男主角为何迟迟没有到来？李贺笔下的苏小小就这样静静地用生命等待着一场属于她的爱与婚姻，无论生或死都不能成为爱的障碍，但最终，仍是所托非人。

李贺还原了一个用生命去证明爱的苏小小，也还原了一个寂寥的自己。他之所以能达到其他诗人所不能达的境界，也因其内心感受与苏小小有几分相似。苏小小痴守着爱情，终化春梦一场；李贺一心入仕，却因"犯讳"而落空。阴惨凄凉的苏小小墓，正如李贺所感受到的冰冷现实。他在写苏小小，我们却看到诗词背后那个内心悲苦、对人世极端失望的诗人自己。

自诩的皇室身份并没有得到承认，听起来反而贻笑大方；家族还没有繁荣，家中的男丁却接连早逝。生命，对于李贺来说显得异常幽暗与难以捉摸，更何况是完美的爱情。诗人望着这一缕优美的灵魂，就像望着一面镜子。从那里，他看见了生命中幽深的寂寥。这寂寥，是对被辜负的爱的控诉，也是对不被人了解的一次温柔的原谅。在一个没有爱人欣赏，没有回忆的幽冥世界里，爱是一种静静守候的姿态。苏小小就以这样一个姿态，在彼岸的世界里，将爱化为一颗尖锐的刺，透过时空生死，深深地钉进了诗人的心中，钉进生命无法到达的维度里。

苏小小无以安放的爱，让屡屡不得志的李贺相知相怜。同样是让人生畏的死亡，也时刻如同咒语一般，让多病的李贺身陷其中，无法解破。生与死并不可怕，可怕的是活着却与世界格格不入，触摸到的只是冰冷的眼神。面对死亡的催促，心中有爱者才无所畏惧。苏小小的爱是男女欢爱，而李贺的爱则来自于对生命价值的认同。无论是哪种爱，都可以透过生死，永远地活在世间。

隔了时代隔了天地，李贺读懂了 20 岁的苏小小。千年之后，有个诗人同李贺当年一样，隔着遥远的时空找到了他的灵魂。就像 20 岁并非苏小小的终点，27 岁也不再是李贺生命的终点。

现代诗人洛夫有幸参透了千年的玄机，于是有了一腔诗情，把李贺的情怀一丝一缕地化入诗中。故而有了《与李贺共饮》：

瘦得

犹如一支精致的狼毫

你那宽大的蓝布衫，随风涌起千顷波涛

旷野上，隐闻鬼哭啾啾

狼嗥千里

来来请坐，我要与你共饮

从历史中最黑的一夜

你我并非等闲人物

岂能因不入唐诗三百首而相对发愁

从九品奉礼郎是个什么官

这都不必去管它

当年你还不是在大醉后

把诗句呕吐在豪门的玉阶上

喝酒呀喝酒

我要趁黑为你写一首晦涩的诗

不懂就让他们去不懂

不懂
为何我们读后相视大笑

　　一切精髓都只因一个"爱"字。爱可以是甜蜜思念，也可以是生离死别，两颗心若惺惺相惜，哪怕一个今生，一个来世，皆可动情。李贺懂了小小，于是将她写进诗中；而洛夫也懂了李贺，把他化为一缕诗情。

　　爱绝不仅仅是男女之间的情爱，它也可以在不同世界的两个人身上发生。爱可以穿越生死，爱是生命的信仰，可以让生命由繁盛走向凋零。

　　太多相似的诗人都走在这条用生命去爱的路上：爱恋人、爱知己、爱莫测的生命。在李贺短暂的一生中，只有爱着的时候才让他感觉到自己身为男人的尊严，只有爱着的时候他才有着强烈的存在感，并提醒自己，在这个世界上，有一种东西会比生命走得更远。在诗的国度里，爱、生命与美已经融合为一体，伤感却不露骨，因为爱本身就是对生命的凌驾和超越，肉体会随着时间而腐坏，但爱却可以长长久久地继续下去。爱就像李贺对苏小小的欣赏，就像他们二人的心灵私语，它还要慢慢地、和风细雨地滋润下去，或化成诗人的诗绪，或化为次年守候生命的春泥。

　　村上春树说："死不是生的对立面，也不是生的全部，而是生的一部分……因为有死，生才更美好。"

　　如果生命是这样，那么爱，是不是也如此……

一夜征人尽望乡：

王驾

终日两相思，憔悴尽

　　等待，是很多人都有过的经历。在无数个寂寞的黄昏，在漫长无助的守候里，静静地坐在窗前，似乎经历了几世的花开花落，为的就是等待那一个人——这样的等待是痛苦而折磨人的，却也是甜蜜与幸福的。

　　形单影只的女子，悄然伫立在瑟瑟秋风里，满眼都是热切的期盼。她遥望着远方，盼望着那个熟悉的身影出现在视野里。若他出现，必然如一束温暖的阳光，将这秋日的萧索与苍凉全部驱散，温暖倾覆而至，连西风残照下的萧索天地也会焕然如春。

　　祈愿却总是落空，似乎唯有如此，才能让人深刻体会到遗憾所带来的尖锐疼痛。

西风起，浓重的秋意也从王驾的一首《古意》里，铺天盖地
而来。

夫戍萧关妾在吴，西风吹妾妾忧夫。
一行书信千行泪，寒到君边衣到无。

夫君在边关，而自己却在吴地，分居两地，有情人终难以团圆。
真爱之间，或许不在乎天长地久，只希冀曾经拥有。然而，隔山
隔水，两两相望，挡住的是彼此的身影，挡不住的是彼此的深情。

西风乍起，吹散了她因怠倦而未挽好的发髻。凉意漫上肌肤，
她却顾不得披上御寒的衣裳，转而忧虑远方的边地是否也吹起了
瑟瑟秋风，丈夫有没有感到寒冷，身上的衣服够不够保暖呢？

罢了罢了，相思尽惹人恼。忧郁无处安放的时候，便写一封
情书寄予远方的丈夫，以聊慰藉。然而，纵有千言万语涌上心头，
竟也不知如何下笔。好不容易写下了短短一句，或许根本算不上
一句，只是短短的几个字——"寒到君边衣到无"，你那边天气
转冷了吗？寄出的衣服是否收到？只不过嘘寒问暖的一句简单问
候，如古诗中的"努力加餐饭"一样，语少情真，却又胜过千言
万言。而就是这样几个字，已让她流下了千行泪珠。

女子仿佛在与冬天的寒意进行一场激烈的比赛，看看是她寄
出的衣服先到丈夫手中，还是寒冷到得更早，她在担心远方的丈
夫受风寒，复杂的情感中有倔强也有焦虑，如此婉转的情思十分

真实地展现了出来。

女子和丈夫虽然分居两地，但是内心却是紧密相连的。他们借明月借鸿雁诉说着相思。女子在温暖如春的南方惦念着戍边的丈夫，担心他是否能吃得好、穿得暖。男子又怎能不念着妻子的温柔呢？

有时候，对于渴望成功的男人来说，爱情和功名似乎同样重要。没有自己的事业，会折损男人的尊严；但缺少如花美眷、幸福婚姻，人生似乎也少了几分春天。"平生只流两行泪，半为苍生半美人"。古往今来，所有荡气回肠的故事大抵如此。匹马戎装虽然是每一个铁血男儿的梦想，但关河梦断，终究还是对平凡的家庭生活怀有一份深深的依恋。

李益的一首《夜上受降城闻笛》正是这些边地征人的真实写照。

回乐烽前沙似雪，受降城外月如霜。

不知何处吹芦管，一夜征人尽望乡。

回乐地的烽火台前漫漫白沙犹如白雪铺地，受降城外，月光洒下来如流霜在天空中飞散。边地的寒凉苍茫，何止是天气，还有数万征人思归的心。

可就在这时，不知什么地方有人吹起了芦笛，笛声幽咽，触动了征人们那颗本已被相思折磨得不堪一击的心，于是他们辗转难眠，纷纷回首望向家乡的方向。

在外征战多年，乡音是一段脆弱的往事；一经提起，就会令漂泊的心灵支离破碎。当年项羽被围垓下，四面楚歌之声响起，军心动荡，思乡情切，部队再也无意征战，只盼着战争结束，回归家园。

这些曾经奋不顾身为功名，为事业，甘洒热血的男子汉，苦、累、伤、痛，都不曾令他们落泪。但家乡的音乐温柔流转，像一股清泉漫过心田。少时的同伴，老迈的爹娘，久别的妻子，那些流淌在岁月中的记忆被熟悉的旋律轻轻地唤醒。被刀光剑影磨出老茧的心渐渐如剥了壳的荔枝，露出了内在的甜美和柔软。

这一切不但没有损伤英雄的形象，反而还能为他们的人性加分。一个只知道杀敌报国的男人固然值得尊敬，但丝毫不为儿女情长牵绊的人，似乎也少了几分人性。

男儿有泪不轻弹，那只是未到伤心处。建功立业固然是这些男子的理想，但如果缺了似水柔情的陪伴，他们也会累，也会怨。

白天再如何的铁骨铮铮，英雄豪气，到了夜晚也会被另一番模样取代。手里捧着妻子的来信，望着那一轮同样照耀家乡的明月，他们也会傻傻地问："她是已经安歇了，还是和我怀着同样的思念？"

一夜征人尽望乡：

王驾

但愿人长久……

陈陶

锦瑟年华谁与度，一场空梦

"梦中人，熟悉的脸孔，你是我守候的温柔。就算泪水淹没天地，我也不会放手……"用《神话》这首歌曲演绎爱情，真是再恰当不过。电影刻画的是一段凄美的爱情故事。一位现代考古学家总是梦到一位清丽脱俗的白衣女子。每每伸手欲触，却又变成"触不到的恋人"。夜夜惊醒，徒增惆怅。时空交错中，他的前世原来是秦代将军蒙毅。他死在叛军之手后，深爱他的朝鲜公主并不知情，在地下亡陵中不眠不休地等了千年。

如此无望的爱情守候放在如今，自然被人们当成"神话"。便利的通信设施，无须恋人苦等千年。但同样的期盼和守候，放在古代，则是不争的事实。正如那苦苦等待千年化作孤石的望夫山女子。此外，陈陶的这首《陇西行》也是很好的佐证。

誓扫匈奴不顾身，五千貂锦①丧胡尘。
可怜无定河②边骨，犹是春闺梦里人。

这是怎样一幅宏阔的画面：整齐划一的战士们，铠甲加身，目光炯炯。烈烈西风与嘹亮的号角演绎了一首慷慨悲壮的英雄之歌。战争的鼓声即将敲响，这些铁血男儿将"奋勇杀敌，誓扫匈奴"的口号呼得震天响，连西风都瑟瑟发抖。然而，对于大多数的战士来说，拜将封侯只是遥不可及的梦想，战场上血流成河，西风送来了哀号，他们将自己年轻的生命委于大漠黄沙中。此一役十分惨烈，连飘飞的军旗都黯然失色。

战争给无数家庭带来了永恒的痛。死者在奋勇杀敌之后，在战死沙场之时，终于可以躺下来安息了，永永远远地离开了战争、离开了硝烟。然而，可曾想过，那些倒在河边的累累白骨，依然是妻子春闺中深深思念的丈夫。知道亲人逝去，固然伤心欲绝，却也是一种告慰。远在战场上的丈夫常年杳无音信，早已变成无定河边的枯骨，而妻子却还在闺房中日日梳洗打扮，热心期盼着郎君早早归来。

或许，不知希望已经破灭，仍怀希望，才是人间最大的悲剧吧。

但愿人长久……

陈陶

初起的昂扬终会收尾于绵绵不尽的哀伤。思念之情如断肠草，此般深情，问世间又有几人堪读？在丈夫出门远征的时候，很多妻子都会在他们的衣服里绣上象征平安、吉祥的神兽或者花草；还有的妻子会专门去庙里为丈夫求平安符。在她们的心里，这样就可以保佑自己的丈夫早点破敌制胜，平安归来。

只可惜，无情的战争与硝烟不知埋葬了多少人的青春与梦想。恰如江进之《雪涛小书》所云："若晚唐诗云：'可怜无定河边骨，犹是春闺梦里人，'则悲惨之甚，令人一字一泪，几不能读。诗之穷工极变，此亦足以观矣。"

战争和爱情一样，都是文学创作的主题。但是，"纵死犹闻侠骨香"的气魄在中唐之后，已日渐消散，留下的只是杳无音信的焦虑。独守空房的寂寞，连着无望的期盼与孤独，就这样在女人们的心中汩汩地流淌，凄婉、缠绵、悲伤欲绝。

然而，刀剑无眼，这些女子日日期盼的良人在刀锋上舔血，有几个人能够全身而退？战死的自是不必多说，很多在战争中受伤的，因为得不到及时的治疗，也将逃不过死亡的厄运。

行多有病住无粮，万里还乡未到乡。

蓬鬓哀吟古城下，不堪秋气入金疮。

在这首诗中，卢纶将伤病在身的军人的苦、愁、忧、痛刻画得入木三分。

这个多病的军人，因为走了太多路，所以没有了继续赶路的口粮。万里的归乡之路，因此而变得更加漫长。"叶落归根，我还没有到家怎么可以死去呢？虽然已经伤残，但毕竟捡回了一条命，这比起不少客死异乡、大漠收骨的战友来说，已经是相当幸运了。只要到家，我就可以见到我心爱的妻子和可爱的儿子。"

可这毕竟只是这个军人的美好愿望，战场上受的伤还在隐隐作痛，行了这么远的路已经疲惫不堪，尤其是连吃的东西都没有了，根本不知道会死在何方。

他蓬头垢面，身心俱疲，哪里还能忍受秋天的寒气深入到他已然恶化的伤口中呢？古城之下，他的叹息如此微弱，也显得那样孤寂。就是这样一个生了病的军人，无依无靠，很有可能病死他乡，或者饿死他乡。比起那些战友，他又能幸运多少呢？离家更近吗？他的战友尚且有人收尸，可谁又会是他的收尸人呢？

假如他就这样死了，他的家人也依然无从知晓。累累白骨，不管是堆在硝烟散尽的河边，还是古城外荒凉的墙根，他们都会永远萦绕在年轻妻子们的心头。如果人真有灵魂的话，就会像《神话》中的蒙毅与公主那样，隔山隔水，前世今生，也要等到团圆的一天。这些苦命的军人，地下有灵，恐怕也能托梦到妻子们的枕边，替她擦干泪水，在梦中相依相伴。

恨此生，从此相逢在梦中。很多人都承认，梦是心中所想，是人在白天的欲求的无法获得满足时，夜晚获得的一种心理补偿。终年不见自己的丈夫，想念、惦念、思念，几番断肠。此般深情欲诉，

陈陶

但愿人长久……

几人能懂？诉求无门，她们只能凭借自己的幻想、猜想，一次次在心中勾画出丈夫的形象，也只能一次次低声问自己，他现在过得怎么样。

然而梦有真有假，日日夜夜思念之人是否还在人世，又如何得知呢？无独有偶，李华的《吊古战场文》讲的也是近似的故事。

> 其存其殁，家莫闻知。
>
> 人或有言，将信将疑。
>
> 涓涓心目，寝寐见之。

家人从不知其生死存亡，即使听到有人传讯，也是半信半疑。整日整夜忧愁郁闷，夜间音容入梦。原来，在沙场上拼杀是一种痛苦，对于家人来说，等在家中盼至亲，更是一种精神折磨。

或许每个人都有过永恒的梦，有过永恒的希冀。苏轼说得好：但愿人长久，千里共婵娟。

【注释】

①锦：这里指战士。②定河：在陕西北部。

曲断人相忆：李益

陌陌此情谁知

所有爱情故事开始时都是那样的单纯而美好，以为牵手的一刻，便意味着可以相伴到老。只是在幸福之中的人们总是忘了幸福就如手中的沙，会在不经意间溜走。

对那些错过的人和事，我们过后回望，只能深深自责，早知今日，何必当初。然而世事难料，人生无常，生活中的事情确实常常会超出人们的掌控。错过就是错过，再美好的爱情也如那不可追的滚滚长江水，对此，我们除了报以深深的遗憾，又能如何？可惜天下总有些痴情人，在爱情离去时仍念念不舍，高呼"良辰美景奈何天，赏心乐事谁家院。"李益便是如此。"此情可待成追忆，只是当时已惘然。"一首《写情》写尽了爱已失去时的追悔莫及。

<blockquote>
水纹珍簟思悠悠，

千里佳期一夕休。

从此无心爱良夜，

任他明月下西楼。
</blockquote>

　　千年之前的一个深夜，他静静地躺在华美的细纹竹席之上，透过小窗，望向那深深的庭院，不禁神思悠悠，辗转难寐。凤尾竹下的一湾碧水在盈盈的月光下荡漾，就像他对她的思念，无边无际。他还记得分离的那天，互相许下的誓言，可是如今千里相隔，那昔日的约定瞬间化作了泡影，在时光的微风中飘散。思虑至此，怎能不使人伤心难过！

　　盼望已久，最终不得，诗人痛苦难眠，面对明月斜挂的美好夜晚，反更添对佳人的相思与怨恨，连这月夜也无意爱怜欣赏了。他曾在多少个夜里从梦中惊醒，所思所想的都是那个多年前就已经离他远去的女子。

　　他不知是否时间越久，记忆就越新。当年他与她相遇相知的一幕幕就像印刻在心底最深处的烙印，总是在这样夜深人静的时候，如此清晰地浮上心头。

曲断人相忆：李益

他是李益，而她叫霍小玉；一个是人所共知的大才子，一个是生活在社会底层的小小歌妓。他们之间本不该有交集，如果不是那次美丽的邂逅，他们彼此的人生或许都是另一番景象。可冥冥之中自有注定，他们相遇了。

那一年的春天，他从郊外打马归来，昂首阔步地走在长安城的大街上，脸上难掩的是心中的兴奋与得意。作为这一年的新科状元，李益的才华几乎为所有人赞叹，他的诗文往往墨迹还未干，就已经在各个教坊中传唱开来。炙手可热的状元爷自然少不了红粉佳人的爱慕，只是他总是自视甚高，从未将儿女之事置于心底。

不过爱情就是那么神奇，李益再自视甚高也没能逃脱爱情的魔掌。这日他正在长安城喧闹的大街上闲逛，心情甚是愉悦，忽然听到轩阁上传来阵阵悠长婉转的歌声。李益听见自己的《江南曲》被演绎得如此美妙，内心泛起阵阵涟漪，不由自主地提步上楼。只是他没想到这一无意识的举动，竟改变了两个人的一生。

他们一见如故，从此才子佳人，良辰美景，诉不尽的浓情蜜意。两人对着圆月订下了一生一世的盟约：今生非君不嫁，非卿不娶。

甜蜜的时光总是短暂的。不久之后，李益就被派遣到外地为官。在上任之前，他决定先回陇西故乡祭祖探亲，他答应小玉，只要一切安排妥当，便回来迎娶她。

久居教坊的小玉看惯了人情无常，也听惯了痴情女子负心汉的故事，因此在得知李益将要离开的消息之后便忧心忡忡，再也没有展开过笑颜。直到李益将一段写有"明春三月，迎娶佳人；郑县团聚，永不分离"的素绫交到她手上之时，她那颗忐忑的心才稍微安定了一些。

如果没有再生枝节，这当是多么美好的安排！

　　只是那时信誓旦旦的李益万万没有想到，他的父母已经在家乡为他定好了一门亲事。对方是出身豪门的大家闺秀，这又岂是风尘女子霍小玉能够相比的。就这样，李益在家乡与温柔贤淑的卢家小姐结为连理，全然忘了还有一个女子在苦苦等待他的归来。

　　远在长安的小玉对这一切全然不知，自从李益离开之后，她便守着他留下的誓言静静地站在原地，却怎么也等不来那个曾经给过她山盟海誓的人。不管霍小玉愿不愿意承认，李益当日的信誓旦旦，而今已然在岁月面前支离破碎。

　　相思折磨得她一病不起，她一直都不明白为什么那个曾经深爱自己的人，会如此轻易地背弃他们的誓言。在她弥留之际，李益终于来到了她的床前。知道真相之后，她抓住他的手，用尽全身的力气对他说："李君李君，今当永诀！我死之后，必为厉鬼，使君妻妾，终日不安！"

　　小玉的死，让李益背负了薄情寡义的骂名，据说那时的长安街头不时有人吟唱"一代名花付落茵，痴心枉自恋诗人。何如嫁与黄衫客，白马芳郊共踏春。"可事实果真如此吗？如若没有爱，就不会为伊消得人憔悴，不会从此无心爱良夜了吧？

　　即便深爱又能如何？对于一个志在四方、满心抱负的男人来说，儿女情长实在是不能成为牵绊他成长的因素，为了实现自己更大的理想和抱负，牺牲小小的情爱又算得了什么。

　　一个男人，只有拥有了很多东西之后，才能拥有他喜欢的女人。这很多东西，大抵是名和利。这个道理小玉是否能懂？

　　可能在李益的心中，还在暗存侥幸，觉得自己功成名就后就可以与小玉再续前缘。可他终究还是想错了，霍小玉还没等到他飞黄腾达的那天便已撒手人寰。

小玉之死成了李益最深的痛，以致他寝食难安："万事销身外，生涯在镜中。唯将两鬓雪，明日对秋风。"

正是因为有这样刻骨铭心的感受，他的诗才如此的催人泪下吧？没有佳人陪伴在侧，纵然是月朗风清的良宵，在他眼中也不过形同虚设。对于一个在尘世的浮华之中已经麻木的人来说，这样的良辰美景不过是徒增悠悠的愁思，勾起痛苦的回忆罢了。

可往事不可追，事已至此，就算再后悔也是于事无补。

时光荏苒，往事难追，再深刻的事情终有一天也会云淡风轻。听惯了世间的悲欢离合，倒不如在这个寂寞微凉的深夜，看着那一轮明月静静地沉落在池边西楼的柳梢之上，只好捧一杯浊酒，祭奠世间那些无果而终的爱情。

美人如花，念念不忘……

卢仝

长歌哀哀，减不掉相思

　　郑愁予在《错误》中说："我达达的马蹄是美丽的错误，我不是归人，是个过客……"以为伊人脚步停留后便能相守，一起把日子煮成可口的饭菜。然而，遇见之时或许就是离散的开场。往昔热烈盛开的欢笑，却将以后无尽的日子熬成缠绵的伤口。每段爱情的初始，总如烟花三月的扬州，招引了所有的浪漫与明媚。在对的时间遇见对的人是种幸运，因为离幸福很近；但在错的时间遇见对的人却是种不幸，因为与幸福渐行渐远。卢仝的一首《有所思①》曾将此种情思表现得淋漓尽致。

当时我醉美人家，美人颜色娇如花。

今日美人弃我去，青楼珠箔天之涯。

天涯娟娟姮娥月，三五二八[②]盈又缺。

翠眉蝉鬓[③]生别离，一望不见心断绝。

心断绝，几千里？

梦中醉卧巫山云，觉来泪滴湘江水。

湘江两岸花木深，美人不见愁人心。

含愁更奏绿绮琴，调高弦绝无知音。

美人兮美人，不知为暮雨兮为朝云！

相思上夜梅花发，忽到窗前疑是君。

　　一句"当时我醉美人家，美人颜色娇如花"便倾倒了春天。那年繁花绚烂怒放，美人娇羞如兰、美艳如芍药、恣意如牡丹，真可谓是"人面桃花相映红"。不知是酒醉人，还是人自醉，只需看美人一眼，便觉得世间落英缤纷，甚是好看。佳节人相伴，醉卧香闺，好一派缠绵温情之景。

　　然而，谁又知晓，难留好景睡，欢喜一场却成空。"相思无晓夕，相望经年月。"相遇不过一秒，相恋不过一时，相忘却要一生。人世间多少痴儿怨女的情爱大抵如此。

　　美人已然离去，只有珠箔帷幕仍在远处，不知道是记录着曾经的欢愉，还是提醒着现时的愁怨。物是人非，天涯海角也无处可寻。如今月圆了又缺，月虽圆人难聚。明月有缺时，但终究会复圆，而与美人相离，却再难相见，这百转千回的愁思，更与谁人说？

思念如雾更如梦，恍惚在梦中又卧巫山上，云雾霭霭缥缈似仙境。待到觉察之时，泪水滑落，滴滴洒满湘江水。湘水畔，巫峡边，花木深深，繁盛似美人，却不见美人身，只有茕茕孑立孤身一人。楚王尚且可以与神女相会，自己与美人一见却不得。难道也要像湘江边苍梧山的二妃，泪染青竹竹生斑，至死方休？

湘江两岸正是花木繁茂之时，风景秀美。然而此时一切美景都平淡无颜色，只因美人不在。空有佳景而无人共赏，风景越美，对于饱尝相思之苦的人来说，心中的烦扰反而愈加深沉。

相思成愁，意欲抚琴以排遣，无奈哀哀长歌，依旧减不掉相思，唤不回知音。知音难求，得后又失去，怎不叫人伤痛！昨日之日不可留，却总辗转难断抹不掉。深情地在夜中声声呼唤"美人、美人……"寂静无边听不见美人的回音，只有浓浓的哀愁随水漂流。

世人说时间是良药，只要耐心平淡地等待，终有一天，时间会给往事一个恰当的交代。然而，奈何情深之人，时刻向伤口撒盐。不经意的一句话，不起眼的一处景，都是致命的毒药。

正遥想美人身在何处之时，忽见窗前有一抹淡影。按捺不住心的颤抖，便撩开窗帘仔细看个究竟。然而，这不是美人归来的身影，不过是窗前的梅花影而已。思念太深而生幻觉，也苦了相思人。相思虽缥缈朦胧，却也以玫瑰滴血的姿态占据了心扉。小小的误会，是盼望与故人重逢的心理感应。诗歌于此戛然而止，诗人也未写其失望后的表现，但其失落的情感却溢于字里行间。

卢仝就这样以清新明快的遣词造句，浅淡清秀的色泽，不事雕琢的藻饰将面对着一江碧水的男子的相思，写得有形有色。隐隐中它苦涩又诱人的沁香悄然扑于鼻尖。

美人思夫，夫思美人，大千世界有人的地方就有恩怨痴缠。在一个人的生命中，有人出现也有人退场，静静离去，悄无声息。分别可以让人坚强，人们却从未在一次又一次的剧痛中学会遗忘。宁愿选择恋恋不舍，也不愿对往事说再见。或许，不愿释怀，才是与旧时光拉扯时，感到撕心裂肺的痛的缘由吧。

如果能心无旁骛那该多好，窗前的梅影就不会撩拨自己的心思。可惜简单却不容易办到，正如温庭筠的《望江南》：

梳洗罢，独倚望江楼。
过尽千帆皆不是，斜晖脉脉水悠悠。
肠断白蘋洲。

梳洗完毕，女子独自登上望江楼，倚靠着楼柱凝望着滔滔江面。千帆过尽，盼望的人都没有出现，太阳的余晖脉脉地洒在江面上，江水慢慢地流着，思念的柔肠萦绕在那片白蘋洲上。

"士为知己者死，女为悦己者容。"女子大清早便起来梳妆

美人如花，念念不忘…
卢仝

221

打扮，为的就是丈夫在归来时，就能看到光鲜亮丽的自己。没了丈夫的欣赏，容貌即便再美，也失去了意义。

女子，耗费自己大半生的光阴只为等待良人归来，然而等待却如那高空的太阳一般，日出日落，周而复始。船尽江空，人何以堪！希望落空，幻想破灭，一天即将过去。斜阳欲落未落，对失望的女子含情脉脉，不忍离去，悄悄收着余晖；江水似乎也懂得她的心情，悠悠无语地流去。这些无生命之物尚且如此，自己久别未归的爱人怎么就忍心让自己一次次肝肠寸断？

世人一直是爱情忠实的信徒，虽然在虔诚的膜拜中频频受伤，仍九死而犹未悔。如果可以，下辈子做个无情之人，这样见到窗前梅影就会满怀惊喜，再不会有以为爱人归来实则未归的怅惘了吧？

【注释】

①有所思：汉乐府《铙歌》名，以首句"有所思"为名。写一女子欲与情郎决绝时的犹豫之情；一说应当与《上邪》合为一篇，表达男女问答之意，后人以此为题赋诗，多写男女情爱事。②三五二八："三五"指十五日，"二八"指十六日。③翠眉、蝉鬓：均指美人。翠眉，用深绿色的螺黛画眉。蝉鬓，古代妇女的一种发式，望之缥缈如蝉翼。

伤思不得见：

沈佺期

愁里光阴，脉脉不得语

    战乱的日子，总是由一次次的离别串成。男子豪情万丈，以天下安宁为己任，将自己的一腔热血洒向那无边无际的边疆。天地悠悠，偌大的世界，唯剩下挥手后沉重的脚步声。拥有桃花之容的女子，在刚刚出嫁之时，痴痴地以为一生终有了依托，却不知人生之花以后将日日在这小小的闺阁内，独自盛开。

    离别越久，思念越长，有思念之人，总免不了挨日子。心想日历越撕越薄，归期越来越近。傍晚斜阳落下之时，一天便又过去了。或许明日，想念之人，就会倚在门口对自己说一声：好久不见，我已归来。

    多少次张望路口，痴痴地以为对方已经回首。多少次吟咏发黄的情书，字字句句是美丽和哀愁。盼盼念念，叠上千万只纸鹤，只愿有一天，不经意间，会和心底深处的人再次相逢。

　　若问世间最遥远的距离，有人可能会说："我就站在你面前，你却不知道我爱你。"然而，又有多少人能够明白，有一种距离叫万水千山，有一种等待叫遥遥无期，有一种追忆叫年年断肠。这些，或许我们可以从沈佺期的这首《古意》中寻得一丝踪迹。

卢家少妇郁金堂，海燕双栖玳瑁梁。
九月寒砧催木叶，十年征戍忆辽阳。
白狼河北音书断，丹凤城南秋夜长。
谁为含愁独不见，更教明月照流黄。

　　郁金香料使得闺房内芳香四溢，极其美观的玳瑁更加装点了它的奢华。多么芬芳，多么华丽的居所啊，连海燕也飞到梁上来安栖了。少妇嫁入卢家后，丈夫对她疼爱有加，可短暂的相守后面临的却是遥遥无期的分离。

　　女子独处一室，丈夫归期渺茫，每念及此，她难掩哀伤。盼不回良人本已十分辛酸，可这些不知趣的燕子，竟然成双成对地落在梁上秀恩爱，女子的心怎能不痛？夫妻本该和这些燕子一样，相亲相爱永不分离。可自己的丈夫却不知身在何处。梁上燕鸟尚且相亲相聚，自己却连鸟都不如。此情此景，怎不

沈佺期　伤思不得见：

叫人心生愁怨！

或许，对一个女子来说，富贵与荣华真的没那么重要，只要疼己爱己的良人能时时刻刻在身边，嘘寒问暖；即便粗茶淡饭，也甘之如饴。一生清浅安稳，本以为这是区区小愿，奈何竟也不能实现。

时光过得太匆忙，一晃已经过去许久。自从离散，思念便一直缭绕在心头，日日夜夜，回忆的容器里，已盛满了红豆和泪滴。时光倏忽而逝，不经意间又到了深秋季节，少妇禁不住阵阵寒气的吹拂，胡乱地将衣服裹紧。"长安一片月，万户捣衣声。"九月已是换衣的季节，咚咚的捣衣砧声连绵作响，多少思妇正忙着给边塞的征人赶制冬衣。寒砧声无情地将树叶催落，多情的少妇听着纷乱的砧声，痛苦难挨。

诗人说：分别就像九月的云和六月的雨，说不定哪天又在雾里相见。谁知这一别竟如行云流水，转眼间已经十年。夫婿远戍辽阳，一去就是十年，她的苦苦相忆，也已整整持续了十年，可这漫漫等待何时可以做个了结？十年的光阴，正如一生时光的界碑，也是尘封心门的钥匙。那些窖藏得严严实实的陈年老酒，将在这个时候被悉数打开，极为苦涩，却也极为馥郁，恐怕只有怀着相同的心事，妄图和征人对话的痴情守望者们才能尝尽各种滋味。

十年征战戍边，夫婿音信断绝，生死不知。他现在处境怎样？命运是吉是凶？几时才能归来？还有无归来之日？……一切一切，都在茫茫未卜之中，叫人连怀念都变得没有着落。少妇独处在长安城南的闺房内，内心已不仅仅是简简单单的孤独、思念、盼归，她望着这孤寂冷清的漫漫长夜，忧思不断。她担心、忧虑、惴惴不安，各种念头在脑中盘旋，不时夹杂着各种不祥的猜想，丈夫不会已遭不测，再也回不来了吧？这样的想法让她的内心更添烦忧，更加害怕，以至于不敢想象了。她拍着脑袋，使劲儿摇晃着头，希望这样能将这些可怕的想法像秋风赶走落叶一般，快快送走。

可这些做法只不过是聊以自慰的自欺欺人罢了。

漫漫秋夜，思而不得，夜夜断肠。"当君怀归日，是妾断肠时。"少妇无以复加的思念，急切地需要寻找一个出口，她心生懊恼：为什么要我一个人苦苦地思念，你却如把我忘记般没有回音？我偏要为你赶制征衣，托明月传递我的相思之意。

她常年苦思丈夫，却盼不来一点音信，因而内心"嗔怪"。如果嗔怪能一解相思之愁，未必是坏事。旋即少妇便无奈地发现，这不怨丈夫。既然怨不得，她只得痛苦地整理下凌乱的思绪，连夜赶制征衣。可衣服赶出来又如何，丈夫身在何处，是生是死，她一概不知。丈夫没有消息传来，征衣便无处可寄，少妇深谙其理，即便这样，她还是要趁月赶制。既生怕丈夫突然来信索取，也为了打发这无边无尽的时光。此外，希望切切，思念太满，无处安放，这件征衣何尝不是寄托她浓浓深情的一个载体！

月亮总在相思的晚上升起。桌角欲明将灭的蜡烛，投影到尚待赶制的征衣上，也照进了少妇的心里。此时，一些幽幽的情绪隐隐在心里升腾，曾经的夜夜温情，便如相片显影般，渐渐清晰起来。琥珀色的月亮，照亮了闺房，也照亮了远方。月下，他们曾说过动人的情话，曾十指相扣，相许白头到老。想起一

伤思不得见：
沈佺期

227

幕幕往事，如同进入一个不愿醒来的梦境，禁不住泪水涟涟。

也许，丈夫明日就会回来，他们就会如那梁上的燕子，双宿双栖，再也不分离。